LE
VOYAGEUR POÈTE,

OU

SOUVENIRS

D'UN FRANÇAIS DANS UN COIN DES DEUX MONDES.

PAR H. FURCY DE BREMOY,

Auteur de *Saint-Domingue au dix-neuvième siècle* de *Polydore*, etc.

A PARIS,

CHEZ FURCY, ÉDITEUR, RUE DES VIEUX-AUGUSTINS,
N° 69, au coin de celle Montmartre ;

ET CHEZ PILLET AINÉ, IMPRIMEUR-LIBRAIRE.

—

1833.

LE

VOYAGEUR POÈTE.

DE L'IMPRIMERIE DE PILLET AINÉ,
rue des Grands-Augustins, n 7

LE
VOYAGEUR POÈTE,

ou

SOUVENIRS

D'UN FRANÇAIS DANS UN COIN DES DEUX MONDES.

PAR H. FURCY DE BREMOY,

Auteur de *Saint-Domingue au dix-neuvième siècle*, de
Polydore, etc.

Et tout le fruit
Qu'il tira de ses longs voyages,
Ce fut cette leçon, que donnent les sauvages :
Demeure en ton pays, par la nature instruit.
LA FONTAINE, liv. VII.

TOME SECOND.

A PARIS,

CHEZ FURCY, ÉDITEUR;
ET CHEZ PILLET AÎNÉ, IMPRIMEUR-LIBRAIRE.
—
1833.

LE
VOYAGEUR POÈTE,

ou

SOUVENIRS

D'UN FRANÇAIS DANS UN COIN DES DEUX MONDES.

~~~~~~

SECONDE STATION.

PARIS, 1823. — RIO-DE-JANEIRO, 1832.

———

> *These, far departing, seek a kinder thore.*
> GOLDSMITH, *The deserted Village.*

La malle-poste s'était éloignée avec la rapidité de l'éclair, et quoique le hasard m'eût donné le plus aimable compagnon de voyage en M. V., parent de Victor, qu'une affaire pressante appelait à Paris, les feux de la ville avaient disparu depuis plus d'une heure, que je n'avais pas encore proféré une parole. Le silence est comme

le refuge du cœur, il aime à y chercher le repos
après des émotions profondes. Cependant M. V.,
qui n'avait pu lui-même échapper à cette sensa-
tion pénible qui suit toujours, pour le voyageur,
le moment des adieux, retrouva bientôt sa gaîté
et rappela la mienne, en me disant que nous
ressemblions plutôt à des ombres fugitives qu'à
des convives de Momus. En effet, en nous voyant
ainsi rapidement traverser les ténèbres à la seule
lueur d'une faible lanterne, on aurait plutôt pensé
que nous nous échappions des catacombes que
d'un joyeux souper. Malgré nous, nous ne tar-
dâmes pas à retomber rêveurs chacun dans un
coin de la voiture, et je crois que nous serions
restés ainsi tout le long de la route, sans la venue
d'un troisième voyageur que le courrier prit à un
relai. Nos réflexions furent remplacées par la
conversation du nouveau-venu, qui ne tarda pas
à nous apprendre qu'il était à la fois citoyen et
marchand de grains de Béthune, qu'il se rendait
à Amiens pour faire de gros achats, qu'il avait
une femme charmante et cinq jolis enfans qui lui
ressemblaient, et étaient tous des prodiges. Nous

prîmes bien vite notre parti sur ce singulier
compagnon de voyage, et ses discours finirent par
nous égayer au point de nous faire oublier la
distance qui nous séparait d'Amiens.

Cependant nous y arrivâmes dans l'après-
midi, et, après avoir pris congé de notre marchand, nous employâmes les deux heures que
nous laissait la halte du courrier à visiter la
cathédrale, qui est un des plus beaux édifices
gothiques de la France. Le lendemain, avant le
lever du soleil, nous étions à Paris, et je retrouvai tout-à-fait, au sein de ma famille, ce calme
d'esprit, cette douce joie qui m'avait abandonné
malgré moi au départ de Dunkerque.

Peu de tems après mon retour, mon associé,
qui songeait vaguement à se marier, rencontra
dans le monde une jeune personne dont les
grâces, les vertus, et la position sociale, fixèrent
entièrement ses idées. Le mariage fut conclu en
très-peu de tems, et, en assurant le bonheur des
contractans, il devint, pour tous ceux qui les
entouraient, une époque de félicité.

Ce mariage, en introduisant un nouvel intérêt

dans notre maison, amena bientôt, malgré l'accord et l'intimité qui y régnaient, le résultat
inévitable de presque tous les mariages en pa-
reille circonstance, une dissolution de société. La
nôtre s'opéra sans la moindre contestation; tout
fut réglé à l'amiable. Après avoir effectué la
liquidation de la manière la plus heureuse, j'eus
la satisfaction de voir que le changement survenu
dans ma maison ne lui avait rien fait perdre de
son crédit et de sa considération. A cette chance
fondamentale de succès, j'avais su en ajouter une
autre en créant, en Allemagne, de nouveaux
débouchés à mes produits. J'avais imaginé pour
ces contrées des articles spéciaux, pour lesquels
j'obtins la plus grande vogue. Ce moment, je
puis le dire, fut le plus heureux de ma carrière
commerciale. Tout me souriait à la fois, et il
semblait que je n'eusse qu'à entreprendre pour
réussir.

Cette situation, qui faisait le bien-être et la joie
du manufacturier, avait naturellement produit
l'anéantissement du poète. Les affaires étaient
devenues pour moi si attachantes et si multi-

pliées, que, pendant long-tems, je ne pus me rappeler que la nuit que je faisais des vers, et ce ne fut qu'aux dépens de mon sommeil que je parvins à remplir ma promesse envers Momus, d'envoyer annuellement quelques chansons à son petit couvert. Heureusement le dieu et ses convives étaient si indulgens, qu'ils voulurent bien me passer les suivantes :

ÉCOUTER AUX PORTES.

Air :

Ecouter est vraiment
Un vice impardonnable,
Et l'on maudit souvent
Ce penchant détestable.
Que de fois ont été punis
Des curieux de toutes sortes,
Pour en avoir par trop appris
En écoutant aux portes.

Plus d'un rimeur apprit
Qu'il n'était pas poète ;
Mainte femme entendit
Qu'elle était trop coquette :

1 *

Et quantité de jeunes gens,
Se donnant pour des têtes fortes
Ont su qu'ils étaient suffisans,
En écoutant aux portes.

Emma, quand comme vous
On a le don de plaire,
L'air si fin, l'œil si doux,
La taille si légère;
Quand comme vous on peut compter
Sur les Amours et leurs cohortes,
On ne saurait rien redouter
En écoutant aux portes.

LE MOUVEMENT.

Air: *Quel art plus noble et plus sublime.*

Sur le mouvement, Euphémie,
Tu me demandes des couplets;
Mais les ferai-je, mon amie,
Aussi bien que je le voudrais?
C'est beaucoup exiger, ma chère,
De mon esprit en ce moment;
Cependant, pour te satisfaire,
Je vais me mettre en mouvement.

Lorsqu'à la fin de la journée,
L'horloge, par bonheur pour moi,
A sonné l'heure fortunée
Qui doit me rapprocher de toi ;
En gagnant ton humble demeure,
Je dis à l'horloge, en passant :
Si du plaisir tu sonnes l'heure,
Je le dois à ton mouvement.

Qu'un premier mouvement nous porte
A nuire à quelque malheureux,
D'un mouvement de cette sorte
Arrêtons les effets affreux;
Mais qu'une puissance secrète
Nous porte à servir l'indigent,
Que rien alors ne nous arrête :
Suivons ce premier mouvement.

Le mouvement le plus inique
Que l'histoire ait pu retenir,
Sous la faux de la république
Plaça le trône d'un martyr;
Mais nous avons vu le Dieu juste,
Pour garder ce trône si grand,
Et le rendre à son maître auguste,
Mettre la gloire en mouvement.

Un mouvement peut, à la guerre,
Changer la face d'un combat,
Et d'un mouvement militaire
A dépendu plus d'un état.
Jeunes émules de la gloire,
Imitez nos vieux vétérans :
Vous rencontrerez la victoire
Si vous suivez leurs mouvemens.

Le mouvement, pour nos ancêtres,
Etait dans le progrès des arts,
Dans l'amour, le succès des lettres,
Dans l'honneur de nos étendards ;
Mais, grâce au siècle des lumières,
Egoïsme, amour de l'argent,
Athéisme, révoltes, guerres,
Pour nous, voilà le mouvement.

Si l'œuvre qu'ici je te donne
Te déplaît, dis-le moi tout bas ;
Plus qu'elle enfin montre-toi bonne :
Contre moi ne te fâche pas ;
Car je m'en voudrais, ma brunette,
Si je voyais qu'un seul instant
Mon innocente chansonnette
Te mit la bile en mouvement.

LES CLOUS.

AIR : *Tarare pompon.*

Puisque d'un impromptu,
Notre goût ordinaire,
Exige que pour plaire,
Le sujet soit pointu ;
Celui-ci, je m'en vante,
Va vous plaire beaucoup,
Car, mes amis, je chante
Le clou.

Image qui souvent
A fait couler mes larmes,
En rappelant les charmes
D'un objet séduisant ;
Près de ma cheminée,
O toi, dont je suis fou,
Qui te tient enchaînée ?
Un clou.

Parle-t-on d'un séjour
Digne du premier âge ;
Parle-t-on d'un ombrage
Favorable à l'amour ;

Bref, parle-t-on d'un site
Qu'on ne voit pas partout ;
Aussitôt on vous cite
    Saint-Cloud.

Roch, ce gros muscadin
Qui fait, d'un air ingambe,
Beau pied et belle jambe,
Avec un escarpin,
A jadis, on l'assure,
Amis, le croiriez-vous?
Porté sous sa chaussure
    Des clous.

Si nous trouvons un sot
Qui, d'un ton d'assurance,
Veuille avec insolence,
Nous parler un peu haut ;
D'un mot, sachons de suite
Pousser notre homme à bout,
Et rivons-lui bien vite
    Son clou.

Armes qu'à mon foyer
La gloire a suspendues,
Ah ! soyez descendues
Pour un nouveau laurier ;

Sous des drapeaux illustres,
Frappez encore un coup,
Puis reposez vingt lustres
　　Au clou.

Puisqu'un proverbe ancien
Dit qu'un clou chasse l'autre,
Amis, mettez le vôtre
A la place du mien;
Vous savez qu'à trop dire
On ne dit rien du tout,
Ainsi, pendez ma lyre
　　Au clou.

LES TOASTS FRANÇAIS.

Air : *Du Diamant perdu.*

Buvons à l'austère franchise
De nos guerriers brûlant d'ardeur,
Qui toujours eurent pour devise
Ces mots sacrés : Patrie, honneur.
Que le vin coule en abondance
A ce toast rempli d'appas !
Qui boit à nos braves soldats,
Boit à la gloire de la France,

Buvons à ce monarque auguste
Qui nous a ramené la paix,
A ce prince clément et juste,
L'amour, l'orgueil de ses sujets ;
Qu'à son nom le nectar s'élance
Et pétille de bon aloi ;
Boire à la santé de son roi,
C'est boire au bonheur de la France.

Buvons à l'enfant du prodige,
A l'enfant de tous les Français,
A ce lis dont la noble tige
Naquit à côté d'un cyprès ;
Que notre coupe soit immense
Et ne se tarisse jamais :
Boire au moderne Béarnais,
C'est boire à l'espoir de la France.

Lorsque, transportés d'allégresse,
Nous portons des toasts si doux,
Qui pourrait blâmer notre ivresse
Et craindre de boire avec nous ?
Lorsque notre verre s'avance
Pour célébrer tant de grandeur,
Nous sommes sûrs d'avoir l'honneur
De boire avec toute la France.

LE MARIAGE DU SOLDAT.

Air : *De la Pièce en perce,*

Quand d'un fils,
O parens c! !s,
L'Hymen docile
Est chef de file,
Avec lui ne devez-vous pas
Dans la Cocagne entrer au pas?

Quand avec la cantinière
Le troupier forme un lien,
Il n'est ni père ni mère
Qui puisse manquer de rien.

Le couvert,
Toujours à couvert,
Vous indique
Un bonheur physique,
Et l'aspect du nœud conjugal
Vous promet un bonheur moral.

Bientôt un marmot aimable
Vient charmer ce nœud si doux :
Voyez-vous le petit diable
Qui grimpe sur vos genoux?

Le voilà,
Il parle déjà,
Il vous caresse
Avec tendresse,
Et pour vous plaire, je le voi
Essayer un *vive le roi* !

Pour le mettre en uniforme,
Nous allons chez le tailleur,
Qui soudain nous le transforme
En un petit voltigeur.

Le bambin,
Un fusil en main,
Fait l'exercice
Avec délice,
Au port d'arme, une... deux... là...
Il les présente au grand-papa.

Plus tard l'enfant devient homme,
Il combat pour son pays ;
Il s'illustre, on le renomme,
Et vous dites : « C'est mon fils ! »

Convenez,
Parens fortunés,
Que la vie
Est digne d'envie,

Quand on donne au prince un soldat
Capable de servir l'état.

Si le malheur a ses souffrances, le bonheur a
ses privations. Le mien alors n'en était pas
exempt; car, en m'imposant une assiduité, une
surveillance de tous les instans, il m'interdisait
jusqu'aux moindres distractions, et souvent une
partie des jouissances paternelles. Le travail ne
me laissait pas le loisir de suivre et de dévelop-
per au gré de ma sollicitude la première édu-
cation de mes jeunes enfans; heureusement la
tendresse de leur mère suppléait à ce manque
de direction, et il n'y avait que moi qui souffrais
des exigences de ma prospérité commerciale.
Ma fille, déjà livrée à l'étude, annonçait une raison au dessus de son âge, et tandis que ses heureuses dispositions se cultivaient tout doucement
près du toit paternel, son frère sorti du berceau,
recevait à Belleville les derniers soins de l'enfance; c'était là aussi que nous venions le dimanche passer les courts instans de repos que
nous laissaient les affaires. Belleville et ses en-

virons étaient devenus notre promenade de prédilection. Les occasions qui me ramenaient là si souvent ne tardèrent pas à m'entraîner presque malgré moi, dans une opération que j'ai déplorée depuis. Ebloui par les illusions d'une brillante position, et comptant trop sur l'avenir, je me laissai séduire par les avantages que paraissait m'offrir un petit coin de terre, situé dans l'endroit le plus agréable de cette commune. Je devins propriétaire. Je n'eus pas plutôt la jouissance de la propriété que cette fièvre de bâtisse qui, alors, tourmentait Paris et la banlieue, me gagna d'une manière irrésistible : je fis construire peu de chose, il est vrai, mais ce fut encore trop. L'acquisition avait été une légèreté, la construction fut une faute, et lorsque plus tard le malheur m'accabla, elle ne me fut point pardonnée, quoique je n'eusse élevé qu'un simple pavillon, et les murailles indispensables au jardin que j'avais planté. Avec quelle facilité l'homme s'abandonne à tout ce qui le flatte! avec quelle complaisance il caresse ses chimères! La mienne était de préparer d'avance une retraite à ma vieillesse, à laquelle il me semblait que d'heureux jours ne pouvaient plus manquer, parce que la fortune me souriait un instant. Trop peu sage pour me contenter des jouissances du présent, j'escomptais celles de l'avenir sans penser que ce mot seul d'avenir est un voile qui recouvre autant de misères que de félicités.

Je n'oublierai jamais l'époque à laquelle fut célébrée l'inauguration de cette propriété ; elle me rappellera sans cesse qu'il suffit d'être heureux pour avoir des amis. Un jour qu'une double circonstance, la fête de ma femme, et le départ d'un nouveau voyageur que j'expédiais aux États-Unis, avait réuni ma famille dans mon petit pavillon, j'en vis arriver une foule qui, non contens de se montrer observateurs subits de la légende, en s'apercevant à point nommé que sainte Rosalie était la patronne de la propriétaire, m'accablèrent de félicitations sur mon acquisition et même sur mon projet d'établir un comptoir en Amérique. On vanta à la fois les vertus de ma compagne, le goût qui avait présidé à l'arrangement de ma propriété, et la hardiesse de mes opérations commerciales ; on parla même de mon esprit, et ce triple entourage parut tout à coup lui donner tant de lustre, qu'on ne se borna pas à en parler. On le mit à contribution avec instance, et j'avouerai, à ma confusion, que je croyais assez à la sincérité de ces éloges pour ne pas me refuser à satisfaire à l'empressement qu'on me témoignait. Je livrai aux bravos de la complaisante assemblée un couplet consacré à célébrer Rosalie, et une chanson dont l'idée m'était récemment venue en entendant chanter au gai et spirituel Désaugiers une de ses meilleures chansons, *Paris à cinq heures du matin.*

A MA FEMME.

Quand des amis se rendent en ces lieux
Pour te fêter, ô toi que mon cœur aime,
De ton bonheur, oui, je me sens heureux,
Car te fêter, c'est me fêter moi-même.
    Je dois partager un plaisir
Que l'amitié t'offre avec tant de grâce :
    Ne voit-on pas l'ormeau verdir,
    Lorsque l'onde vient rafraîchir
    La tendre vigne qui l'enlace ?

PARIS A CINQ HEURES DU SOIR.

Air : *De la Martingale.*

Le jour fuit,
Il est bientôt nuit,
Et toutes ces ternes
Lanternes,
Sans peine aux Parisiens font voir
Qu'il est bien cinq heures du soir.

Déjà Paris me présente
Mille et mille mouvemens;
Dans cette ville bruyante,
Que de tableaux différens!

Là, le dîné
Est terminé;
Plus loin il commence
Ou s'avance;
Enfin là, la soupe se sert
Lorsqu'ailleurs on est au dessert.

La grisette à la *Gaillote,*
Avec un joli garçon,
Va manger la matelotte,
Et même le fin goujon.

Se sentant
L'appétit pressant,
Le sec parasite,
Au plus vite,
Passe son habit noir, et part
Quêter un dîner quelque part.

L'employé surnuméraire,
Qui de paraître est jaloux,
Au restaurant s'en va faire
Un repas à dix-huit sous.

L'aspirant,
A jeun, se rend
Chez l'excellence
A l'audience;
Et la flatte du haut en bas,
Pour un emploi qu'il n'aura pas.

Là, la foule se prosterne
Devant ce roi libéral,
Qui plaça dans la giberne
Le bâton de maréchal *.

---

* Louis XVIII disait que chaque soldat de son armée portait dans sa giberne le bâton de maréchal de France.

Dans ses yeux
Tu vois, peuple heureux,
Quel amour enflamme
Son ame,
Et les cris disent qu'à jamais
Il est le père des Français.

L'actrice qui trop tard quitte
L'alcove du lord anglais,
Au théâtre court bien vite
Représenter une Agnès.

Le mari,
Par sa femme aigri,
A sa tabagie
Chérie
Va fumer avec un ami,
De crainte de fumer chez lui.

De la rue aux Ours, l'artiste
Vole, de chez son traiteur,
Au concert d'un harmoniste
Dans celle du Grand-Hurleur.

Puis là-bas,
Vers Saint-Nicolas,
Une vieille et sotte
Dévote

Se presse, avide d'un sermon
Dont le mérite est d'être long.

Avec sa douillette bleue,
Là, la femme du commis
Part pour se mettre à la queue
Du *héros de Montargis.*

Le tendron
Vous met sans façon
Sa robe blanche
Du dimanche,
Puis au bal s'en va s'occuper
De se procurer à souper.

Maint débiteur, bien à plaindre,
Chargé de prises de corps,
S'apprête à sortir sans craindre
Les huissiers et les recors.

Au billard
Arrive un jobard,
Qui se fie
Sur la partie,
Tandis que, grâce à maint fripon,
De la poule il est le dindon.

Déjà les oisifs remplissent
Le brillant Palais-Royal,

Que des nymphes embellissent
De leur éclat virginal.

Le voleur
Fait le promeneur,
Mais s'il approche
D'une poche,
Son honneur lui fait un devoir
D'y soustraire montre ou mouchoir.

J'entends ouvrir ces retraites
Où le jeu, trop engageant,
Fait perdre, hélas! tant de têtes,
De familles et d'argent,

Mais j'ai faim,
Et je rentre enfin,
Pour faire
Avec ma ménagère
Un repas simple et sans apprêts,
Mais dont l'amitié fait les frais.

C'est à cette même époque où je commençai à goûter les douceurs de la propriété, que se rattache pour moi le souvenir d'événemens funestes. Le plus capital, puisqu'il frappait tout un peuple, fut la mort de Louis XVIII. En voyant descendre dans la tombe ce monarque dont la sagesse et la fermeté avaient su réprimer l'audace des factions, je tremblai pour les destinées de la patrie. Comme la majorité des Français, j'étais charmé de la noble loyauté, de l'aimable franchise de son successeur; mais un secret pressentiment m'avertissait que ces qualités si précieuses ne suffiraient point pour lutter avec le génie du mal, qui semblait avoir puisé une nouvelle force en contemplant la dépouille mortelle du royal ennemi, qui, pendant dix ans, l'avait combattu avec tant d'habileté. Comme la majorité des Français, tout en décernant à Charles X le titre de Bien-Aimé, je ne pus m'empêcher de mesurer la perte immense que venait de faire mon pays. Je comparais entre eux les trois augustes frères que la providence avait destinés à porter tour à tour la même couronne. Je n'en trouvais qu'un seul qui fût véritablement l'homme de son époque; les deux autres, avec les vertus d'Antonin et de Marc-Aurèle, me paraissaient, par ces vertus mêmes, appartenir à un autre âge. Les souvenirs affreux de la révolution se présentaient à mon esprit, et, malgré moi, quelque chose me disait intérieurement : « L'excès de bonté chez les rois peut être aussi funeste aux peuples que la méchanceté des tyrans. » J'étais tellement pénétré d'admiration pour le prince illustre qui, après tant de désastres et de calamités, avait su asseoir avec lui sur le trône, la force, la justice et la clémence que, sans songer que des voix plus éclatantes que la mienne allaient s'élever pour signaler un grand nom à la postérité, j'osai le premier émettre l'idée d'ériger des deniers publics une statue à l'auteur de la Charte, à l'immortel propagateur de la dignité des peuples. Je n'eus d'autre mérite, en cette circonstance, que de devancer de quelques jours la pensée de milliers de Français qui, se manifestant de toutes parts, fut bientôt exprimée par le conseil-général de la capitale *. La France vota, par son organe, un

---

* A cette occasion, M. le comte A. de Pastoret voulut bien me faire l'honneur de m'écrire : « Vous désiriez que ce monument portât le caractère de l'adhésion et de la coopération de tous; et le conseil-général, qui n'est

monument à la mémoire du roi-législateur. Mais, grâce aux haines doctrinaires, ce monument, que le cœur des Français avait hâte de voir debout, resta enseveli dans l'atelier de l'artiste, avec celui du roi-martyr. On craignit d'exalter l'amour et le respect populaires envers la royauté légitime, en laissant lire en caractères de bronze, sur les murs du Forum : *Les Français sont égaux devant la loi;* ou, en caractères de sang, sur le pavé de la place publique : *Fils de saint Louis, montez au ciel!*

À ce sentiment de regret général, j'eus bientôt le chagrin de voir s'adjoindre pour moi d'autres regrets. La mort vint de nouveau éclaircir les rangs de ma famille : elle réunit à ma mère et à ma sœur, ma belle-sœur et ma belle-mère, et, pour comble d'infortune, je me vis réduit à regarder comme un bienfait du ciel de m'avoir

---

que le représentant de tous les habitans de Paris, adhère en leur nom et les fait coopérer tous à l'hommage à rendre au roi Louis XVIII. Vous le voyez, Monsieur, avec des idées différentes nous arrivons au même but, parce que c'est le même sentiment qui nous conduit. »

séparé do ces êtres chéris, avant qu'ils n'eussent
à souffrir des revers qui ne devaient pas tarder à
fondre sur moi.

De même que le char rapide qui rencontre un
obstacle imprévu dans la carrière, s'arrête tout à
coup et se brise avec fracas, l'édifice brillant de
ma fortune, ébranlé par une violente commotion,
fut subitement renversé. La longue stagnation
qui frappa le commerce français, peu de tems
après la mort de Louis XVIII, eut pour moi
les effets les plus funestes. Par la même raison
qu'au moment de la prospérité générale, j'avais
peut-être été favorisé plus qu'un autre, au moment de la commune détresse, plus qu'un autre,
aussi, je fus accablé. Ces mêmes produits indus-
triels qui, par leur vogue, promettaient de m'en-
richir, par leur délaissement subit, causèrent en
partie ma ruine.

Dans cette circonstance difficile, ma première
idée fut de chercher un refuge et des conseils
dans le sein de l'amitié. Je savais que Victor se
trouvait momentanément à Valenciennes. Je
partis dans le dessein de lui exposer ma position

et d'aviser avec lui au moyen d'y remédier dans l'avenir, pendant qu'en mon absence ma famille présiderait au soin pénible de l'accommodement que le présent nécessitait. Arrivé à Valenciennes, j'apprends que Victor est parti pour Tournay, où il doit résider quelque tems. Je veux m'y rendre de suite ; mais les voitures qui y conduisent ne partent que deux jours après. Alors je me résous à faire à pied les neuf à dix lieues qui me séparent de mon ami. Malgré la pluie froide et continuelle de l'arrière-saison, je me mets en route par des chemins affreux. Le bâton de voyageur à la main, je franchis péniblement la distance. Le souvenir des sensations que j'éprouvai pendant ce triste voyage restera à jamais gravé dans ma mémoire. Tombé du faîte de la prospérité et de la considération, séparé de tout ce qui m'était cher, traversant en silence des plaines solitaires dont un ciel brumeux me dérobait de tout côté l'horizon, je me voyais seul et comme abandonné au milieu d'une nature triste et désolée comme mon ame. Mes vêtemens, traversés par la pluie et souillés par la boue des chemins que j'avais parcourus, ne me rappelaient mon aisance passée que pour mieux faire ressortir à mes yeux mon infortune présente. Excédé par la fatigue d'une longue marche, mais soutenu par ce courage que Dieu, dans sa bonté, fait puiser à l'homme dans l'excès du malheur même, en quelques heures je parvins à la petite ville de Saint-Amand. En arrivant sur la place, quelle fut mon émotion, lorsqu'à travers le portail ouvert de l'église, j'aperçus au fond du sanctuaire le saint-sacrement exposé. A ce spectacle, des larmes s'échappèrent de mes yeux : il me sembla que la divinité, daignant laisser tomber sur moi un regard de pitié, avait voulu, pour me consoler, s'offrir sur mon passage. J'entrai précipitamment dans l'église, je pénétrai jusqu'au fond de la nef, et, comme l'enfant effrayé qui vient chercher un abri dans les bras de sa mère, je tombai à genoux sur les marches de l'autel.

Un auteur ancien * a dit : « Quand l'ame est dans le ciel, le corps ne sent plus ses douleurs,

---

* Tertullien.

elle emporte avec soi tout l'homme. » Jamais
cette vérité ne reçut une plus juste application
que dans ce moment. J'étais plongé dans un tel
recueillement, que je n'avais rien vu ni entendu
autour de moi. Ce ne fut qu'en quittant le sanctuaire que je m'aperçus que ma présence avait
détourné des devoirs du catéchisme un grand
nombre d'enfans réunis autour du pasteur dans
une des chapelles latérales. Je lus dans les yeux
de l'apôtre respectable et de ses jeunes disciples
le sentiment de compassion qui se mêlait au
mouvement de curiosité que leur avait inspiré le
pauvre voyageur; je passai devant eux en m'in-
clinant, et je sortis de l'asile où je venais de
retremper mon courage.

Je poursuivis mon chemin sans m'arrêter jusqu'à Tournay, où j'arrivai à la nuit. Mais je n'eus
pas la satisfaction d'y trouver Victor. Il en était
parti la veille pour aller à Bruxelles, d'où il
devait retourner chez lui en s'arrêtant à Mons.
Dans l'incertitude de le rencontrer dans sa marche, je renonçai à le voir; je pris le parti de lui
écrire à Dunkerque. J'écrivis : mais, hélas!

Victor ne répondit point ; la voix de l'intérêt l'emporta dans son cœur sur celle de l'amitié. Malgré mon malheur et sa fortune, la suspension d'une faible somme brisa à jamais les nœuds qui nous unissaient.

Pendant près d'un mois que je demeurai à Tournay, à combien d'ennuis je fus en proie ! Seul dans une ville où je ne connaissais personne, forcé de concentrer mes chagrins en moi-même, je n'avais d'autre distraction que les nouvelles que je recevais de ma famille. Ah ! ce fut seulement alors que je compris réellement les tourmens de l'absence et le plaisir qu'on éprouve à s'entretenir, par écrit, avec ceux qu'on aime. Tristes rivages de l'Escaut, et vous, sombres bosquets des jardins de la Régence, que de pleurs vous me vîtes répandre sur une lettre cent fois relue ; et toi, ma compagne fidèle, toi qui, après avoir été ma joie dans la prospérité, voulut encore être ma consolation dans le malheur, ô, ma muse, que de jouissances tu me dévoilas dans un simple mot ! que d'instans tu dérobas à mes peines par une seule de tes inspirations !

LE BILLET.

En te traçant dans mon ardeur extrême,
Toi qui connais les secrets de mon cœur,
Combien je suis jaloux de ton bonheur !
Heureux billet, tu vas voir ce que j'aime !

Heureux billet, en messager fidèle,
Va de nouveau lui porter mes sermens ;
Peins-lui surtout l'amour que je ressens,
Et les tourmens que jo souffre loin d'elle.

Heureux billet, qu'attendent tant de charmes,
Contre son cœur, toi qu'elle va presser,
Si dans ses mains tu te vois effacer,
Ce ne sera jamais que de ses larmes.

En ce moment, tout ce que je désire,
Heureux billet, c'est qu'en te recevant,
Ma bien-aimée éprouve, en te lisant,
Tout le plaisir que je sens à t'écrire.

Mais tandis que j'attendais vainement la réponse de Victor à Tournay, mes affaires s'arrangeaient à Paris. Je fus informé que la majorité des personnes qui y étaient intéressées, prenant en considération d'honorables efforts et des infortunes réelles, avaient consenti à un accommodement. Je hâtai alors mon retour, et je ne tardai pas à me convaincre par moi-même de toute la bienveillance dont j'étais l'objet. Je repris avec honneur les rênes de mon établissement, où les facilités qui m'étaient accordées, et surtout le comptoir que j'avais fondé à New-Yorck, m'assuraient le moyen de pouvoir me soutenir.

Plein de confiance dans mes relations avec l'Amérique, je fis successivement à mon agent, M. F., des expéditions considérables. Pendant quelque tems, j'en attendis les rentrées avec une sécurité parfaite : tout commandait la confiance en M. F., appartenant à la famille la plus recommandable ; ses antécédens ainsi que sa personne paraissaient des gages assurés de délicatesse et de probité. Mais combien cette confiance fut cruellement trompée! Après avoir laissé écouler près d'une année sans m'écrire, ce même agent, foulant aux pieds toutes les lois de l'honneur, m'annonça en deux lignes que je ne devais plus compter sur lui ; s'embarquant à Baltimore, avec la plus grande partie de ce que je possédais, il disparut, sans laisser aucune trace.

Cette nouvelle fut pour moi un coup de foudre; en un instant elle renversa de fond en comble toutes mes espérances *. Les malheurs que j'avais essuyés une année auparavant n'étaient rien en comparaison de cette affreuse catastrophe. Je n'avais en mon pouvoir aucun moyen d'y remédier, et il ne me restait qu'une ressource, celle de renoncer pour toujours aux affaires, et de chercher à la sueur de mon front le pain de ma famille. Dieu, qui jusque là ne m'avait point abandonné, proportionna mon courage à mon infortune; il m'inspira la résolution de renoncer à un établissement où il m'était désormais impossible de me soutenir. Je m'arrachai encore une fois des bras de ceux en qui je puisais toute ma force; et, déterminé à

---

* Je me souviens que la veille du jour où je reçus cette fatale nouvelle, mon domestique ramassa sur le pavé la première des lettres en relief qui formaient mon nom au dessus de ma porte, et que, malgré moi, je ne pus me défendre d'un pressentiment de ma ruine prochaine.

aller demander à l'industrie genévoise un nouveau moyen d'existence, je partis pour Lyon, où je devais obtenir les recommandations qui m'étaient nécessaires.

Muni de ces lettres, je me dirigeai en hâte vers la cité célèbre, qui, pour le malheur autant que pour la gloire de l'humanité, produisit ou protégea deux des plus redoutables ennemis de la religion catholique *. J'arrivai à Genève, où bientôt, avec mes cheveux blanchis avant l'âge, je me vis l'apprenti d'un horloger. Oh! si précédemment j'avais souffert du séjour de la Belgique, j'eus bien plus à souffrir de celui de l'Helvétie! Là, j'espérais encore; ici je n'espérais plus; là, j'avais encore la perspective d'un état indépendant; ici, il ne me restait que celle du sort précaire d'un artisan : perspective bien triste, et à laquelle l'expérience ne tarda pas à me démontrer que je devais renoncer. Convaincu, après deux mois d'application, qu'il me faudrait au moins un apprentissage de trois ans, j'aban-

---

* Calvin et J.-J. Rousseau.

donnai un projet dans lequel ma fâcheuse situation ne me permettait pas de persister.

A peine avais-je pris cette résolution, que je
fus informé que la remise de mon établissement
entre les mains des intéressés avait été opérée.
La vente de tout ce qu'il renfermait avait été
effectuée ; mais malheureusement cette vente me
laissait, moi et les miens, dans le dénuement le
plus absolu. Cependant, le courage me resta ; je
sentis en moi assez de force pour lutter contre
l'infortune, et ma tendresse pour ma famille me
disait : Persiste, tu vaincras. Renonçant alors
aux idées qui m'avaient été suggérées d'acquérir
un talent manuel, je tournai tous mes projets
d'avenir vers la littérature. Mon retour à Paris
fut immédiatement arrêté : j'employai vingt-
quatre heures à revoir en détail Genève et ses
environs, que mes occupations pendant mon séjour ne m'avaient permis de visiter qu'impar-
faitement. Malgré les rigueurs de l'hiver, et la
neige qui couvrait la terre, je parcourus les campagnes délicieuses qui bordent ce lac magnifique, dont les eaux paisibles et transparentes, en

s'étendant majestueusement entre les paysages enchanteurs de la Suisse et les montagnes imposantes de la Savoie, semblent être comme un vaste miroir destiné à réfléchir à la fois toutes les beautés de la nature. Je visitai aussi cette retraite fameuse *, où l'apôtre le plus célèbre de la philosophie moderne prêcha la haine des grands et le mépris des grandeurs, environné de tout le faste de l'opulence ; puis cédant aux vœux d'un ami qui m'avait prié de lui être utile, je poussai jusqu'à Lausanne et Chambéry. Ici je fus séduit par l'originalité des édifices, l'aspect animé des paysages et la beauté des points de vue ; là, je m'extasiai devant le grandiose de ces sites à la fois rians et sauvages où la main du Créateur se plut à répandre en même tems toutes les horreurs de la stérilité et tous les charmes de la végétation.

Bientôt ces belles contrées, si voisines et pourtant si différentes de la France, s'éloignèrent à mes yeux. Elles avaient entièrement disparu, qu'il me semblait encore respirer, avec

---

* Ferney-Voltaire.

leur air pur, la paix et le bonheur ; et cette douce impression, jointe au plaisir non moins doux de me rapprocher du foyer domestique, avait ramené mon esprit à un tel point de calme et de tranquillité, qu'il s'abandonna un instant aux inspirations de la muse pastorale, qu'il avait cru voir errer sur les gazons du canton de Vaud et sous les treilles de la Grotte des Echelles.

L'INDIFFÉRENCE.

O vous qui vainement cherchez la paix du cœur,
 Disait Philis à ses jeunes compagnes,
 Imitez-moi, nos riantes campagnes
Bientôt vous offriront le plus parfait bonheur.

  Du calme de l'innocence,
  Pour goûter tous les plaisirs,
  Livrez-vous à l'indifférence,
 Et que vos cœurs soient exempts de soupirs!

  Ne soyez point ambitieuses;
  Ne chérissez que vos hameaux,
  Vos houlettes et vos troupeaux,
  Et vous serez toujours heureuses.
Mais si jamais de ces objets charmans
  L'Amour venait à vous distraire,

Tremblez de voir dans votre humble chaumière
Au doux repos succéder les tourmens !

Du calme de l'innocence,
Pour goûter tous les plaisirs,
Livrez-vous à l'indifférence,
Et que vos cœurs soient exempts de soupirs !

CRAIGNEZ L'AMOUR.

Craignez l'Amour, innocentes fillettes,
Défiez-vous de ses traits séducteurs ;
Ce dieu trompeur, beautés trop indiscrètes,
En les charmant, empoisonne les cœurs.

Pour vous d'abord ses jeux auront des charmes,
Plaisirs nouveaux sont toujours pleins d'attraits ;
Mais ces jeux-là vous coûteront des larmes,
En vous donnant d'inutiles regrets.

Détrompez-vous, ses grâces enfantines
Ne sont qu'autant de piéges qu'il vous tend ;
Comme un rosier, il cache des épines
Qui bien souvent blessent cruellement.

Souvenez-vous qu'en nos vertes prairies,
L'enfant malin causa bien des malheurs ;
Songez surtout, pastourelles jolies,
Qu'on peut tomber en marchant sur des fleurs.

Craignez l'Amour, innocentes fillettes,
Défiez-vous de ses traits séducteurs;
Ce dieu trompeur, beautés trop indiscrètes,
En les charmant, empoisonne les cœurs.

De retour au sein de ma famille, je m'empre... de choisir le lieu où je pourrais me livrer avec le plus de tranquillité aux occupations littéraires sur lesquelles reposait tout mon espoir. Je songeai à Versailles, où j'avais quelques amis. Nous partîmes n'emportant de tout ce que nous avions possédé que l'oiseau domestique qui nous avait été conservé comme une faveur.

Etabli dans cette résidence, tandis que ma femme cherchait péniblement une ressource dans les travaux d'aiguille, je consacrai tous mes instans à la composition d'un livre. La récente reconnaissance de la république d'Haïti frappa mon imagination. Il me sembla qu'une peinture fidèle des désastres de cette ancienne colonie française pourrait fixer l'attention. J'écrivis *Saint-Domingue au 19° siècle*. Après avoir pendant plusieurs mois rassemblé au milieu des ruines de l'ancien monde les souvenirs sanglans du nouveau, je livrai à l'impression le fruit de mes veilles, soutenu par la bienveillance et les encouragemens d'un imprimeur avec qui j'avais eu quelques relations dans un tems plus heureux *. Grâce aux soins éclairés et à l'obligeance toute désintéressée de l'homme d'esprit et de mérite qui avait bien voulu prendre sous sa protection le premier ouvrage d'un inconnu, les frais de mon livre furent assurés.

Ce résultat, qui aurait pu satisfaire tout autre débutant, ne pouvait être suffisant pour moi, puisqu'il n'ajoutait rien à mes ressources. Il me fallut donc reconnaître que l'exigence de ma position m'avait fait concevoir des espérances trop étendues. Vainement pour les réaliser, j'essayai d'unir aux efforts de l'intelligence commerciale ceux de la probité, rien ne put lutter contre l'obscurité de mon nom. *Saint-Domingue au 19ᵉ siècle* demeura dans l'oubli **.

---

* Quelques années auparavant j'avais été chargé de veiller à la publication d'un recueil littéraire qui s'imprimait chez M. Pillet aîné.

** Ce fut en vain que les journaux annoncèrent pu-

Un essai aussi infructueux me força bientôt à
chercher ailleurs des ressources plus promptes
et plus positives. Mon devoir comme époux et
comme père était de me hâter de sortir de la situation dans laquelle je végétais depuis un an. Je
conçus alors le projet d'aller chercher sur la
terre étrangère une existence que le sol natal me
refusait avec tant d'opiniâtreté. Mes regards se
tournèrent malgré moi vers ces régions lointaines
que l'imagination des habitans de la vieille Europe se plaît à peindre comme le séjour de la
paix et du bonheur. Séduit par les images brillantes de ces belles contrées échappées naguères
à la domination portugaise, entraîné par les ré-

---

bliquement que le montant de la vente de ce livre était
destiné à remplir des engagemens en souffrance. Dans
un pays où l'honneur et la délicatesse sont si bien ap-
préciés, on pouvait espérer que ce moyen suffirait pour
faire vendre des milliers d'exemplaires : il n'en fit pas
vendre une douzaine, et tout ce qui advint de plus heureux à *Saint-Domingue au 19ᵉ siècle*, ce fut de faire
dire à M. le vicomte de Châteaubriand : « Je me ferai
un grand plaisir de le lire sur les ruines de Rome. »

cits de grandeur et de prospérité de cet empire
naissant que sa situation, son étendue et ses richesses semblaient appeler aux plus hautes destinées, je vis dans le Brésil une terre de promis-
sion : mon voyage pour Rio-de-Janeiro fut
arrêté.

La tâche que je m'imposais en cette circonstance était la plus pénible de toutes celles que
j'avais eu à remplir jusqu'alors. Déjà plusieurs
fois je m'étais séparé des objets de mes affec-
tions, mais jamais je n'avais mis entre eux et moi
l'immensité des mers; il me fallut donc toute
l'ardeur du désir d'améliorer enfin leur sort pour
me résoudre à une séparation que des chances de
danger pouvaient rendre éternelle. O tendresse
de cœur, tu es la source la plus précieuse du
courage de l'homme! c'est toi qui l'arraches vraiment à l'égoïsme ; c'est toi qui lui donnes réellement la force de mépriser la vie!

Après que j'eus réalisé la somme indispensable pour mon voyage, en réduisant au plus strict
nécessaire mon mobilier déjà si modeste, j'as-
surai mon passage à bord du premier navire qui

devait mettre à la voile. Lorsque j'eus pourvu à ce soin, je rassemblai la petite pacotille que je devais à la confiance de l'amitié. J'y joignis les restes de mon édition de *Saint-Domingue au 19ᵉ siècle*, et ceux de *Polydore*, nouvel essai littéraire aussi infructueux que le premier, et muni de ces faibles ressources, je tournai avec résignation mes regards vers le port. Le jour fixé pour le départ ne se fit pas attendre. Le moment cruel de la séparation arriva ; je pressai contre mon cœur ces êtres chéris, pour qui je consommais le plus grand des sacrifices, et l'ame pénétrée d'un sentiment indéfinissable de tristesse, de crainte et d'espérance, je m'éloignai sans que ma bouche pût prononcer une parole, sans que mes yeux pussent trouver une larme.

Arrivé au Hâvre le 18 du mois de novembre 1829, j'espérais m'y embarquer dès le 20. Mais le départ de *l'Œdipe*, qui devait m'emmener, ayant été retardé de quelques jours, j'eus le regret d'avoir quitté trop tôt ceux dont l'absence m'était déjà si pénible.

Les deux semaines que je passai au Hâvre en
attendant le jour qui devait achever de m'arracher aux plus douces jouissances, sont restées
dans mon souvenir comme l'époque la plus in-
supportable de ma vie. Ma situation était à quelques égards semblable à celle d'un malade déses-
péré, qui, après s'être résigné à la cruelle opération qui doit le perdre ou le sauver, en voit
chaque jour différer le moment. Aussi, je con-
viens que ce n'est pas à mon jugement qu'il faut
s'en rapporter pour apprécier convenablement
la cité qui vit naître Bernardin de Saint-Pierre, et
qui est devenue un des premiers ports de France.
Le Hâvre étala vainement à mes yeux ses immenses et magnifiques bassins, sa population
riche, active et nombreuse ; vainement ses environs me montrèrent de belles vallées et de fer-
tiles coteaux, l'attente pénible dans laquelle j'é-
tais me fit trouver tout cela détestable. Heureusement cette situation ne tarda pas à avoir un
terme : le 30 novembre, *l'Œdipe* appareilla ; je
m'embarquai, et à midi, par le plus beau tems
du monde et le vent le plus favorable, tandis

que ma pensée, franchissant la distance, portait un dernier adieu au doux foyer, mes yeux, à travers un voile de larmes, voyaient fuir les rives de la patrie.

Quoiqu'une brise assez fraîche nous poussât rapidement dans le golfe de Gascogne, je ne fus pas trop incommodé du mal de mer, auquel je ne pensais plus au bout de vingt-quatre heures. Mais si je n'avais plus à souffrir de ce désagrément, il en était un autre qui devait me suivre pendant toute la traversée; c'était celui de la mauvaise nourriture et du voisinage fâcheux que rendait indispensable pour moi la place que la modicité de mes moyens m'avait forcé à prendre sur *l'Œdipe*. Cependant, grâce à cette philosophie qui ne m'avait point encore abandonné, je me mis au dessus de ma position, et je ne vis dans les privations et dans les souffrances morales qui m'étaient imposées, qu'un motif de plus de persistance et de courage. Nous parvînmes, sans contrariété, presqu'à la hauteur de Madère; mais, à cette distance, nous essuyâmes une tempête dont la violence causa, pendant quelques heures, un effroi général, mais qui, pourtant, ne fut pas partagé au même degré par tous les passagers. J'ai fait la remarque que, dans ces circonstances difficiles, les riches sont toujours ceux qui montrent le plus de crainte. Pourquoi? est-ce parce qu'ils tiennent plus que les autres à une vie que la fortune leur rend plus douce? Non, c'est parce qu'ils comptent moins sur la Providence, de laquelle leur situation ne leur a jamais appris à implorer les bontés. Par bonheur, les craintes de tous ne se prolongèrent pas au delà d'une journée. Les flots irrités se calmèrent; les cieux reprirent leur azur, et les vents déchaînés firent place à une brise favorable qui nous poussa promptement vers les îles du Cap-Vert. Dans ces parages, nous rencontrâmes un bâtiment hollandais revenant de Batavia, qui, manquant de vin, nous approcha pour nous prier de lui en céder. Le commandant de ce navire se rendit à notre bord pour y recevoir quelques caissons que notre capitaine s'empressa de lui offrir; et, pour s'acquitter du petit service qui lui était rendu, le commandant hollandais nous proposa de se char-

ger de nos dépêches pour la France. Alors tous
les passagers tracèrent quelques mots à la hâte.
Je ne fus pas le dernier à profiter d'une occasion
si favorable. Deux lignes écrites d'une main
tremblante, sur un papier que mes larmes arro-
saient malgré moi, exprimèrent bien vivement les
divers sentimens qui agitaient mon ame au milieu
des mers, et si loin de ceux qui avaient toutes mes
pensées. Le bâtiment hollandais, après avoir reçu
notre correspondance, s'éloigna en emportant
nos remercîmens et nos vœux. Nous avons su
depuis qu'il s'était religieusement acquitté de sa
mission, car toutes nos lettres parvinrent, affran-
chies, en France, immédiatement après son
arrivée à Rotterdam.

Si cette rencontre avait été agréable pour
nous, quelques jours après, en passant sous l'é-
quateur, nous en fîmes une autre qui faillit nous
être fatale. Pendant une nuit assez belle, quoiqu'un peu sombre, nous suivions paisiblement
notre marche sans aucune apparence de danger,
quand tout à coup la vigie annonça que nous
étions près d'un écueil. Aussitôt tout le monde

est debout. On manœuvre pour se mettre hors de
péril, et au lever du soleil, on reconnaît que
l'écueil signalé n'est autre chose que la coque d'un
trois-mâts abandonné. A la forme extérieure de
cette coque et aux traces profondes que le feu
avait laissées sur ses flancs noircis, nous pensâ-
mes que c'étaient les restes d'un bâtiment américain incendié en mer. Après que nous nous
fûmes bien assurés que personne ne pouvait plus
exister sur ces débris entièrement submergés,
nous continuâmes notre route, non sans réfléchir
aux dangers de toutes sortes qui pouvaient nous
environner, et que le triste tableau que nous
venions de contempler contribuait à nous faire
paraître plus redoutables. Cependant ces réflexions ne furent pas de longue durée : l'être
infini qui veille à notre conservation, et qui
voulut que le tems affaiblît jusqu'au souvenir
de la mort de nos proches, voulut aussi que
l'idée du danger disparût à nos yeux avec son
image. Aussi, au bout de quelques jours, nous
saluâmes de loin les côtes immenses du Brésil, avec la même joie que si nous n'avions pas

eu de tempête, ni rencontré de vaisseau incendié.

Il faut avoir été renfermé dans les bornes
étroites d'un navire; il faut avoir souffert tous
les ennuis d'une longue navigation, pour sentir
tout le plaisir qu'on éprouve lorsqu'on découvre
enfin le sol sur lequel on a fondé toutes ses espérances. Avec quelles délices l'imagination, s'é-
lançant au devant de nous, s'en empare comme
d'une conquête! Combien elle se plaît à l'embellir
et à le montrer à nos yeux paré de tous les avantages que réclament à la fois nos désirs et nos
besoins! La mienne, assurément, en cette circonstance, ne resta pas en arrière d'aucune
autre. Il lui suffit d'apercevoir dans le lointain
quelques huttes et un peu de verdure pour se
créer à l'instant le tableau le plus séduisant de
l'abondance et de la prospérité. Elle me fit voir
l'heureux habitant des tropiques reposant à l'ombre des palmiers, au milieu de riches moissons,
et environné de sa famille et de ses serviteurs,
comme un patriarche des anciens jours. Par elle,
tout prit à mes yeux un air de félicité : le nègre,

nu et courbé péniblement sur un sillon, me parut l'homme heureux suivant les lois de la nature ; et le pêcheur indien, voguant sur son frêle radeau, formé de branches d'arbres, et bravant insoucieusement les flots pour y chercher sa misérable vie, ne m'offrit que la poétique image du *premier navigateur.*

Pendant deux jours que nous fîmes route, en vue des côtes, ces douces illusions, en se prolongeant, détournèrent de mon esprit les sombres pensées qui s'en étaient emparées au départ, et entraîné par les fictions de l'espérance, il les consacra par celles de la poésie.

L'ESPÉRANCE.

Bienfait des cieux, ô toi dont la puissance,
Dans le malheur console les humains,
Je t'abandonne en ce jour mes destins,
    Douce Espérance !

Charme secret, c'est par ton influence
Qu'un tendre amant par avance est heureux ;
Sœur de l'Amour, tu redoubles ses feux,
    Douce Espérance !

Dans les cachots, seul bien de l'innocence,
Et dans l'exil, dernier trône des rois,
Que de grands cœurs a soutenus ta voix,
 Douce Espérance!

Ton seul rayon ranime la constance
Du naufragé luttant contre la mort;
Près du péril, tu lui fais voir le port,
 Douce Espérance!

J'avais à peine achevé ces stances, lorsque
nous entrâmes dans la magnifique baie de Tous
les Saints, et que le plus imposant des spectacles
se déploya à nos regards. Les flots, doucement
agités par la brise du soir, réfléchissaient la
pourpre des cieux. Les sables des grèves où venaient expirer les derniers feux du soleil, étin-
celaient au loin, et encadraient de leur immense
bordure d'or toute l'étendue de la baie. Au delà
de ces grèves, on découvrait des plaines à perte
de vue, de riches campagnes arrosées de nombreux ruisseaux, et des montagnes couvertes de
verdure, d'où mille sources s'échappaient vers
la mer, sous l'ombrage des plus beaux arbres.
C'est au milieu de cet entourage enchanteur que

la ville de Bahia nous apparut. Placée au fond
de la baie, elle présente une ligne qui s'étend le
long du rivage, et s'élève en amphithéâtre sur
une colline. Rien ne me parut jamais plus séduisant que cette cité, vue du vaisseau, où l'heure
tardive nous condamnait à rester jusqu'au lende·
main. La construction simple mais régulière des
principaux édifices ; l'uniformité générale des
maisons, peintes en blanc ou en jaune, et couvertes de longues tuiles rouges et cintrées ; les
bouquets d'arbres qui s'élèvent de nombreux jardins, comme pour ombrager les toits des habitations ; la verdure des coteaux sur lesquels toute
l'étendue de la ville se dessine comme sur un
immense tapis ; les montagnes lointaines, où de
hauts palmiers, élancés du sein des forêts, se dé-
coupent comme d'énormes touffes de plumes sur
le vif azur des cieux ; enfin, tout ce qui composait ce vaste panorama contribuait à le rendre
enchanteur, et inspirait le désir d'en jouir de
plus près.

Quand les ombres de la nuit eurent dérobé à
nos yeux un tableau dont ils ne pouvaient se las-

ser ; quand l'obscurité ne nous laissa plus dis-
tinguer que les feux de la ville , qui s'étaient allumés par degré au bruit des fanfares militaires
qui annonçaient l'heure du repos, nous nous sentîmes tous impatiens d'être au lendemain.

Dès que le jour parut, les embarcations mises
à la mer conduisirent à terre tous les passagers.
Mais quel fut le désappointement général en mettant le pied dans cette ville, qui nous avait paru
si agréable, à quelque distance, de n'y trouver
qu'un dégoûtant cloaque. Je me rappellerai toujours l'impression que je ressentis à l'endroit
même du débarquement, lorsque je vis une foule
de nègres presque nus se disputer pour aider
notre chaloupe à acoster un quai délabré, et se
battre ensuite avec acharnement pour s'arracher
quelques pièces de monnaie. En voyant cette
scène de violence dans des lieux qui m'avaient
paru si paisibles, il me sembla que je venais
d'ouvrir un livre, où immédiatement après un
fragment des descriptions délicieuses de l'Eden
de Milton, une imagination désordonnée avait
placé une sombre page de l'Enfer du Dante,

Le désanchantement subit qui m'avait frappé, bientôt ne fit que s'accroître. A quelques pas de la chaloupe nous rencontrâmes sur notre chemin un long marché couvert, dont nos affreux piliers des halles pourraient donner une idée en beau. Là, un nombre considérable d'esclaves noirs, des deux sexes, accroupis à terre auprès des diverses denrées étalées devant eux, attendaient que d'autres esclaves, encore plus nombreux, vinssent acheter pour la table de leurs maîtres les poissons aux couleurs si vives, les pintades et les divers oiseaux aux plumages si brillans; les fruits aux formes si variées et aux parfums si différens de ceux de l'Europe. A l'aspect de ce singulier bazar, où tant de noirs circulaient avec une étourdissante activité, je crus un instant voir dans un optique une immense fourmilière, s'agitant en tous sens pour pourvoir à ses provisions.

En sortant du marché, nous nous trouvâmes dans les rues étroites et infectes de la basse-ville, qui, au milieu de la plus affreuse saleté, présentent un grand mouvement commercial, et sont

bruyamment animées par la présence des nombreux esclaves, qui, par bandes d'une vingtaine,
les parcourent, en poussant des cris bizarres et
mesurés, et en portant sur la tête des sacs de
café, des balles de coton et des caisses de toutes
sortes de marchandises. Nous eûmes bientôt passé
en revue le peu d'édifices susceptibles d'arrêter
les regards de l'étranger dans le voisinage du
port; la bourse, bâtie sur le bord de la mer, et
dont la salle principale est remarquable par son
immense étendue, et surtout par son architecture, qui offre un mélange du goût portugais avec
le goût indien; l'église qui s'élève non loin delà,
et dont on voit briller en entrant dans la baie les
murailles décorées de marbre rouge, et les
clochers revêtus de porcelaine blanche et bleue.
Voilà tout ce que nous vîmes de remarquable
dans la basse-ville, que nous quittâmes pour
nous diriger vers la haute, qui en est séparée
par une colline, dont le terrain rocailleux ne
présente qu'une route beaucoup plus rapide et
beaucoup plus rude que le tournant le plus élevé
de notre Montmartre.

Nous gravîmes cette colline, où nous ne rencontrâmes chemin faisant que des nègres, montant ou descendant, et portant à deux sur les épaules les *cadeirinhas* *, dans lesquelles les blancs et même les mulâtres un peu aisés se font transporter d'une partie de la ville à l'autre. Parvenus au sommet de la colline, nous fûmes beaucoup plus satisfaits de la haute-ville que nous ne l'avions été de la basse. Nous y trouvâmes des quartiers propres et aérés, des maisons construites avec une sorte de luxe, et parmi lesquelles nous distinguâmes particulièrement celles qui servent de résidence aux consuls européens, et celles qu'habitent les riches négocians étrangers qui n'ont que leurs comptoirs dans la basse-ville, où se traitent exclusivement toutes les affaires de commerce.

Nous visitâmes d'abord les églises, qui sont

* Espèce de chaise à porteur qui n'est autre chose qu'un fauteuil suspendu à une barre de brancard, et surmonté d'un petit baldaquin entouré de rideaux de serge bleue ou rouge à franges dorées ou argentées.

4

nombreuses dans la cité supérieure. La plupart
rappellent extérieurement et intérieurement,
mais avec infiniment moins d'élégance et de régularité, l'architecture de notre église Notre-
Dame-des-Victoires. La décoration intérieure
de presque toutes offre, depuis le pavé jusqu'à
la clef de la voûte, une profusion extraordinaire
de sculptures et de dorures du plus mauvais goût,
mais d'une richesse incroyable, et dont rien dans
nos temples ne peut mieux donner l'idée que ces
antiques chapelles où l'or éclate de tous côtés
sur les bas-reliefs confus, sur les arceaux en ogive
et sur les colonnes en spirale. Nous visitâmes
ensuite le jardin public, qui, quoique petit, est
remarquable par ses belles terrasses qui s'élèvent
à une grande hauteur au dessus de la mer, et
dominent toute la baie. Enfin, nous allâmes voir
le théâtre, quoique le dehors qui ressemble assez à une caserne ne nous y invitât guère. Nous
fûmes tout surpris d'y trouver une salle bien
coupée, décorée avec élégance, et offrant une
vaste scène, où, sous la direction d'un régisseur
italien, on représente une fois par semaine des

opéras et des ballets, dans lesquels figurent pêle-
mêle des artistes de toutes les nations et de toutes les couleurs, et que nous regrettâmes bien
de ne pouvoir admirer dans l'exercice de leurs
fonctions.

L'Œdipe, qui n'avait que peu de chargement à
déposer ou à prendre à Bahia, en se préparant
à continuer sa route, après six jours de mouil-
lage, mit fin à nos curieuses excursions dans
l'ancienne capitale du Brésil. Nous nous embar-
quâmes, et ceux de nous qui avaient le plus besoin de corriger la nourriture du navire, firent
provision d'ananas, de bananes, d'oranges, de
mangues et de cocos. Notre navigation, quoique
un peu contrariée par les calmes devant le Cap-
Frio, fut assez heureuse. Dix jours après avoir
quitté Bahia, nous aperçûmes ce fameux rocher
qui se découvre à plusieurs lieues en mer, et
auquel sa forme a fait donner par les marins
le nom si juste de *Pain de sucre ;* nous aperçûmes
aussi les hauts pics du *Corcovado* *, et nous re-

---

* Bossu.

marquâmes avec une sorte d'étonnement que le
groupe des diverses montagnes qui s'y rattachent,
en se dessinant à l'horizon, offrait l'image dis-
tincte d'un énorme géant dans l'attitude d'un
homme couché, et d'une ressemblance frappante
avec Louis XVI. A cette vue, je ne pus me défendre d'un sentiment d'émotion ; il me sembla,
en contemplant cette immense statue, voir un monument jeté au milieu des mers par la Divinité
elle-même, pour éterniser jusques chez les nations les plus lointaines la honte d'un affreux
parricide. Cette impression fut vive, mais passagère, car le tableau qui l'avait produite s'ef-
faça pour faire place à ceux au devant desquels
notre navire s'élançait avec rapidité.

Lorsque nous eûmes tourné le *Pain de sucre*
qui forme, avec les rochers moins élevés qui
lui font face, l'entrée de la barre de Rio-de-Janeiro, nous n'eûmes plus en vue que cette magnifique baie, où les flots de l'Atlantique, épan-
chés comme dans un vaste bassin, forment, en
se calmant, une autre mer plus paisible. Rien
n'égale la majesté du point de vue qui s'offre aux

yeux du navigateur en entrant dans cette baie, qui est peut-être la plus belle du monde. Son enceinte, qui s'étend à perte de vue de tous côtés, est renfermée dans un cercle d'énormes rochers, d'un granit brillant, dont la forme arrondie et presque régulière réfléchit en étincelant les rayons du soleil. Derrière ces rochers, que décorent en grimpant de nombreuses plantes sauvages, d'un vert noir, s'élèvent de délicieuses collines, couvertes de la plus éclatante verdure et ombragées par des bosquets d'orangers, de manguiers et de tamarins, à travers lesquels les larges feuilles des bananiers percent çà et là comme des lames horizontales. Au delà de ces collines, de hautes montagnes bleuâtres élancent leurs pointes aiguës vers le ciel le plus pur, et en se découpant au loin comme des tuyaux d'orgue, forment le rideau de cet imposant et magique paysage.

Si malgré lui le voyageur est extasié en embrassant de ses regards les extrémités de ce cadre gigantesque, il ne l'est pas moins en contemplant l'intérieur du tableau qui s'y trouve renfermé. Au milieu de ces ondes accoutumées à réfléchir l'or

4*

et l'azur des cieux, et que trouble rarement la
tempête, l'œil découvre une foule d'îles dont les
bords enchanteurs semblent réaliser les fictions
des jardins d'Armide. On rencontre de tous côtés
de légères embarcations qui, sillonnant les flots
sous la rame des nègres, transportent à la ville
des denrées de toutes sortes. On voit sur tous les
points les pavillons glorieux des vieilles nations
se déployer en face des brillantes bannières du
jeune empire; sur tous les points, des vaisseaux
de guerre, sentinelles avancées de l'Europe,
veillent sur les droits communs des peuples, et,
comme des forteresses mouvantes, s'élèvent au
sein des eaux en présence des bastions immobi-
les, qui, du haut des promontoires, protègent
une des plus belles parties du sol américain;
enfin, des bâtimens de toutes les nations com-
merçantes de la terre, en s'étendant sur plusieurs
lignes devant la ville, avec leurs mâts innombra-
bles, offrent aux regards étonnés l'aspect d'une
immense forêt à travers laquelle l'habileté du
navigateur est obligée de se frayer un passage
pour parvenir au port.

Ce fut seulement lorsque nous eûmes franchi cette espèce de barrière au delà de laquelle nous n'avions rien pu apercevoir, que la cîme de quelques édifices élevés, que nous découvrîmes l'ensemble de Rio-de-Janeiro. Cette ville, bâtie sur un terrain plat, et resserrée entre plusieurs collines, nous parut, au premier coup-d'œil, beaucoup moins agréable que Bahia. Loin d'en être contrariés, nous fûmes presque tentés de nous en féliciter : le souvenir du désappointement que nous avions éprouvé en débarquant dans l'antique et trompeuse ville de *San-Salvador*, nous faisait mieux augurer de la moderne et modeste cité de *San-Sebastião*. Au risque d'être trompés encore, nous aspirions au moment où nous pourrions comparer entre elles l'ancienne et la nouvelle capitale du Brésil. Ce moment ne se fit pas attendre : au bout de quelques heures, les inspecteurs de la santé vinrent à bord de *l'Œdipe*, et l'état sanitaire du bâtiment ayant été jugé satisfaisant, il fut permis aux passagers de débarquer.

Le grand canot nous conduisit, avec nos effets, au *trapiche* de la douane, espèce d'estacade placée

sur les derrières de cet établissement, et qui, du
quai, s'avance dans la mer pour faciliter l'abord
des navires. Nous traversâmes une longue suite
de bâtimens de construction irrégulière, et for-
mant d'immenses magasins, où nous vîmes en-
tassés pêle-mêle, avec les sucres et les cafés
indigènes, les tissus de l'Angleterre, les soieries
et les nouveautés de la France, les farines des
États-Unis, les thés de la Chine, les clincaille-
ries de l'Allemagne, l'horlogerie de la Suisse, et
les vins de l'Espagne et du Portugal. Accompagnés des nègres qui, au nombre d'une trentaine,
s'étaient emparés de nos bagages en descendant
du canot, nous parvînmes, étourdis des cris qu'ils
poussaient, au milieu de la salle des juges de la
douane. Cette salle, qui ressemble absolument à
un hangar ouvert de tous côtés, nous offrit une
confusion vraiment effrayante. Les visiteurs,
fouillant minutieusement les caisses et les ballots,
et dépliant sans ordre toutes sortes de marchandises; les visités se plaignant hautement du peu
d'égard des employés; les préposés subalternes
frappant à coups redoublés pour ouvrir ou refer-

mer les colis présentés ; une foule de nègres por-
teurs s'arrachant, sous les portes, les ballots prêts
à sortir ; là, tout concourt à la fois à troubler les
esprits du pauvre passager, surpris de passer
ainsi, sans transition du silence le plus paisible,
au bruit le plus désordonné. Cependant, au
milieu de cette confusion, nous réussîmes à nous
faire jour, et nous nous tirâmes des mains des
douaniers aussi bien que nous pouvions l'espérer, c'est-à-dire, qu'à très-peu de chose près,
nos effets entrèrent librement. Il n'y eut de retenu
que les livres d'un de nous, et une vieille tabatière
que j'avais emportée comme un souvenir de famille, qui, malgré leur vétusté, furent jugés
sujets aux droits, et qui cependant nous furent
rendus sans acquit, quelques jours après, grâce à
la protection d'un employé supérieur pour lequel
je me trouvais avoir une lettre de recommandation *.

---

* M. da Rocha, l'un des directeurs de la douane, est
aussi l'un des Brésiliens les plus instruits. Il a habité la
France, et se plaît à accueillir les voyageurs d'une con-

Lorsque nos nègres eurent replacé nos bagages sur leurs têtes, nous nous dispersâmes dans la ville, et chacun de son côté chercha un logis selon sa convenance et ses moyens. Pourtant, je ne demeurai pas seul : celui de mes compagnons de voyage vers lequel, malgré sa jeunesse, je m'étais senti le plus attiré, M. F....., qui, par la douceur de son caractère, et surtout par son langage de franchise et de probité, m'avait inspiré une estime réelle, ne voulut pas se séparer de moi. Nous descendîmes ensemble dans une hôtellerie, avec le projet de n'y rester que le tems nécessaire pour prendre une connaissance générale des lieux.

Ce fut le 30 janvier 1830, à une heure après midi, que je pris possession de mon premier domicile sur le sol brésilien. Ce domicile consistait en une chambre au premier étage, tirant son jour sur une cour étroite, par une croisée à petits carreaux et à coulisse montante. L'ameublement de

---

trée dont il parle la langue aussi facilement qu'eux-mêmes.

cette chambre se composait, comme celui de presque toutes les chambres de la ville, d'une table carrée en bois de *jacaranda* *, de quelques chaises du même bois, foncées de jonc, et d'une *marqueza*, espèce de couchette basse à fond de bois et à double dossier, portant un matelas de crin mince et piqué comme un coussin de voiture, avec un traversin de la même matière. Le tout, recouvert de deux draps de calicot et d'une légère couverture de coton, et surmonté d'une moustiquaire de gaze qui enferme hermétiquement le lit.

Lorsque j'eus reconnu les lieux et que j'y eus mis mes bagages en sûreté, malgré la fatigue que je ressentais et les vingt-huit degrés de chaleur qui retenaient chez eux presque tous les habitans, je ne pus résister au sentiment de curiosité qui m'entraînait à visiter la ville. Je parcourus les principaux quartiers, et je ne tardai pas à m'apercevoir que, contrairement à Bahia, l'intérieur

---

* Bois du Brésil aussi beau que l'acajou, mais plus dur et d'une couleur plus sombre.

de Rio-de-Janeiro tient beaucoup plus que ne promet son extérieur. Je fus surpris de voir l'alignement de ses rues, presque toutes tirées au cordeau, la largeur et l'étendue des principales, notamment de celle si justement nommée *Direita* *, où sont situés les comptoirs des principales maisons de commerce et les établissemens publics les plus importans, tels que la Douane et la Banque. Je fus surtout étonné du mouvement commercial que présente cette belle rue et toutes celles qui y aboutissent. Je ne le fus pas moins du luxe qu'étalent les nombreux magasins français de la rue *d'Ouvidor,* qui, pour la richesse et l'élégance, peut être comparée à la rue Vivienne. Je fus frappé de la régularité du *Largo do Paço* **, qui, quoique d'une étendue assez médiocre, offre un beau coup-d'œil par l'alignement des bâtimens qui l'environnent. En considérant, du quai de granit qui la borde, cette place qui forme un carré long, borné au fond et sur les côtés par des

* Droite.
** Place du Palais.

édifices propres, mais d'une architecture suran-
née, il me sembla avoir sous les yeux une de ces
anciennes décorations de théâtre, représentant,
dans une comédie de Molière, une place publique
de Messine ou de Palerme. C'est sur la gauche
de cette même place que se trouve le palais
impérial, qui n'est autre chose qu'une longue
maison blanche à deux étages, dont l'étroite
façade, située sur le quai, et regardant la mer,
annonce plutôt l'entrée d'une caserne que celle
d'un palais. Quelques autres places attirèrent
encore mon attention; celle *do Rocio* ou *da Cons-
tituição*, qui est vaste et régulière, et où se trouve
le grand théâtre, dont la façade ne se distingue
des maisons qui l'avoisinent que par une espèce
de péristyle avancé qui paraît avoir été le produit
d'une réflexion tardive du constructeur. Celle de
San-Francisco, où le beau portail de l'église de ce
nom se fait remarquer par une élégante architecture; enfin, celle dite *Campo Santa-Anna*, ou *da
Honra* *, dont l'étendue immense surpasse celle

---

* Champ Sainte-Anne, ou Champ d'honneur.

de notre Champ-de-Mars. Cette place, ornée d'une belle fontaine, et coupée, dans toutes les directions, par de larges chaussées pavées, présente, sur ses quatre faces à peu près égales, de nombreux édifices parmi lesquels on distingue, sinon par le goût, au moins par la grandeur, le Sénat, le Musée et l'Hôtel-de-Ville. C'est sur le *Campo Santa-Anna* qu'avaient lieu les évolutions militaires, auxquelles dom Pedro assistait, des fenêtres d'une maison ambitieusement nommée petit palais, qu'il avait fait construire au milieu. Ce qui étonne surtout, lorsqu'on se trouve au centre de cette place, c'est la vue des montagnes et des collines qu'on découvre au loin, et qui forment autour d'elle comme une haute ceinture de marbre et de verdure.

Averti par la fatigue et par l'heure du repas qu'il fallait abréger ma hâtive et superficielle excursion, je la terminai par la visite des aqueducs et du jardin public. Ce jardin, qui est fort petit, n'a rien de remarquable qu'une terrasse qui borde la mer, et serait la promenade la plus agréable si les immondices de la ville, déposées dans son voisinage, n'en faisaient pas un lieu infect. Les aqueducs construits entre la montagne *Santa-Theresia* et la colline de *Santo-Antonio*, à une des extrémités de Rio, forment une double rangée d'arcades qui s'élèvent à une hauteur d'environ cent pieds, et conduisent aux fontaines de la ville les excellentes eaux du *Corcovado*, qu'un canal couvert, d'une étendue de plus de deux lieues, va chercher à leur source. Ce monument public ne manque pas de grandeur, et contraste avec les édifices particuliers, qui, pour la plupart, sont mesquins et de mauvais goût * ; vues des hauteurs de Sainte-Thérèse, ces arcades élégantes et hardies donnent sur ce point au panorama de Rio-de-Janeiro un aspect qui rappelle les descriptions des villes antiques de l'Orient.

En rentrant à l'hôtellerie, excédé de chaleur et de lassitude, après avoir pris en gros une con-

---

* La plupart des maisons de Rio-de-Janeiro n'ont que deux étages, et ne présentent que trois croisées de face. Les toits sont pointus, et couverts de longues tuiles rouges cintrées.

naissance de la capitale brésilienne, je ne fus pas
fâché d'en prendre une en détail d'un repas brésilien. Ma modeste table d'hôte, où se trouvaient
quelques étrangers et quelques militaires portugais au service de l'empire, m'offrit à peu près
un échantillon du dîner que peut attendre tous
les jours à Rio le voyageur d'une fortune médiocre. Une soupe faite de très-mauvais bœuf,
mêlé avec du lard et quelques légumes, tels que
des choux, de l'*aipi* * et de l'*abobra***; un mor-
ceau de porc rôti; un plat de riz ou de petits hari-
cots noirs, du fromage de *Minas* ***, dont le goût
rappelle un peu celui de Hollande; des bananes
et des oranges. Le tout accompagné de très-pe-
tits pains de froment, que soutient ordinairement le *pirão*, espèce de gâteau de farine de ma-
nioc; et d'un vin capiteux de Porto, qu'il est
d'usage de boire pur, en ayant soin d'avaler après

----

* Sorte de racine qui rappelle le goût de la pomme
de terre.
** Espèce de potiron.
*** Ville de l'intérieur du Brésil.

force verres de l'eau limpide de la *Carioca* *.

Après le dîner, qui n'avait été servi à la fin du jour qu'à la demande des étrangers, car l'heure ordinaire de ce repas est de deux à trois, je ne songeai plus qu'à prendre un repos, dont j'avais le plus grand besoin. Le soleil avait à peine disparu, que j'étais retiré dans ma chambre. Je me couchai, mais ce fut en vain que je voulus dormir. Le bruissement des *baratas* **, des araignées et des lézards; le rongement des rats et des souris qui venaient attaquer jusqu'aux pieds de mon lit; le bourdonnement continuel des *mosquitos* ***; enfin, la dureté excessive de mon coucher, qui n'était comparable qu'à celle du plus rude lit de camp, ne me permit pas de fermer l'œil. Cette première nuit me donna une triste opinion du *comfort* intérieur des habitations de Rio-de-Janeiro, et la suite ne fit que l'accroître et la confirmer, puisque je reconnus qu'il n'y

---

* Principale fontaine de Rio-de-Janeiro.
** Espèce de grosses blates.
*** Moustiques.

avait pas une seule maison où l'on ne rencontrât les mêmes désagrémens.

Levé avec le soleil, ma première pensée fut d'aller rendre grâces à Dieu, dans son temple, de m'avoir protégé dans mon long voyage; devoir que je n'avais pu accomplir la veille, les églises étant fermées à midi, selon l'usage du pays. J'allai à l'église des Carmes, qui se trouvait dans mon voisinage. Il n'était pas encore sept heures du matin. J'y entrai en même tems qu'un homme d'une quarantaine d'années, à la taille assez élevée, aux cheveux noirs et courts, et à la barbe brune, portant une redingote et un pantalon bleus, une cravate noire, un chapeau à cornes et des bottes. A sa tournure et à sa mise je l'avais pris pour un militaire; mais je fus bientôt détrompé en voyant sortir de la sacristie, où il était entré, ce même homme, qui n'était autre qu'un prêtre, qui, venant de se revêtir des ornemens sacerdotaux, se dirigeait vers l'autel pour y dire la messe. De ce moment je pus facilement reconnaître dans le monde les membres du clergé brésilien, dont celui-ci m'avait offert

le type exact. J'assistai au saint sacrifice ; et ce
ne fut pas sans émotion que je remarquai que
quelques esclaves, malheureux comme moi, y
assistaient seuls. O mon Dieu! me disais-je, tous
ceux qui souffrent sont tes enfans ! Et mes fer-
ventes prières recommandaient au Tout-Puis-
sant les êtres si chers desquels, hélas ! j'étais
éloigné pour bien long-tems encore.

Lorsque la messe fut achevée, j'examinai l'é-
glise avec attention. Elle ne m'offrit de remarquable qu'une riche tenture de soie rouge et bleu
de ciel, rehaussée de galons d'or, qui couvrait les
murailles du haut en bas, et se relevait en dra-
perie autour des chapelles latérales et du chœur,
dont les autels étaient ornés de statues de saints
du plus mauvais goût, mais étincelantes d'or et
d'argent. Je remarquai au dessus du portail,
derrière un petit buffet d'orgue, une immense
tribune servant, dans les jours de grande fête, à
placer les chantres et les musiciens, qui chantent
l'office avec un orchestre distribué et composé
comme celui d'un théâtre.

En sortant de l'église des Carmes, j'entrai

dans la chapelle impériale qui l'avoisine, et dont le portail fait face à la mer, sur la place du palais. C'est une église très-petite, mais d'une richesse extrême. Je fus frappé de la quantité de lumières qui brillaient au dessus du maître-autel; je ne comptai pas moins de deux cents cierges, portés par de riches flambeaux placés sur des gradins élevés à une grande hauteur derrière le tabernacle. La chapelle impériale, par sa profusion de dorures et de sculptures, est la seule église de Rio-de-Janeiro qui m'ait paru comparable pour la richesse à celles de Bahia. Toutes celles que je vis ensuite, telles que la *Candelaria* *, *San-Francisco* et plusieurs autres, me semblèrent se rapprocher beaucoup plus de la simplicité de ces églises modernes, dont l'architecture n'appartient ni au genre gothique ni au goût italien.

Le reste de cette journée, commencée par de pieuses courses, fut employée en excursions tout-à-fait profanes. Je visitai le Musée, qui, quoique

* La Chandeleur.

nul sous le rapport des arts, renferme de grandes
richesses en histoire naturelle, et serait, par son
ensemble et l'ordre qui y règne, digne de figurer
dans une grande cité d'Europe. Je voulus visiter
aussi le jardin botanique, quoiqu'il fût à plus de
deux heures de chemin de la ville. Cet établissement, à la tête duquel est un savant européen,
me parut parfaitement ordonné. Situé dans une
position magnifique, non-seulement il offre aux
curieux la plus délicieuse promenade, mais encore le rare assemblage de presque toutes les
productions végétales du globe. Afin que cette
journée fût complète, je revins en ville pour
assister à une représentation du grand théâtre.
Le hasard me servit bien : c'était jour de *gala*,
c'est-à-dire que toute la cour honorait le spectacle de sa présence. En entrant dans la salle,
dont les dimensions ne sont pas moindres que
celles de l'Opéra, je fus frappé du plus beau coup-
d'œil : quatre rangs de loges, à balcons entièrement à jour, laissaient voir, de la tête aux pieds,
une foule de femmes richement parées, et toutes
éblouissantes de pierreries et de diamans. Là

5 *

loge impériale, placée au premier rang, comme
un grand salon circulaire, en face de la scène,
montrait, au milieu de tout l'appareil de la grandeur, le représentant de la gloire antique de la
maison de Bragance, assis à côté de l'héritière de
la gloire nouvelle des Beauharnais, et auprès
d'eux le jeune prince et la jeune princesse, que
deux révolutions devaient bientôt mettre sur
deux trônes différens. Cette salle, où tant de richesses brillaient, réfléchies par l'éclat des lustres et de mille bougies suspendus de tous côtés,
présentait un aspect fait pour détourner de ce
qui se passait sur la scène le spectateur le plus
attentif. Aussi je ne compris pas grand'chose au
libretto, assez médiocrement chanté, de la troupe
italienne, à la *farça*, encore plus médiocrement
jouée, des comédiens portugais, ni au ballet
vraiment *funambulique* des danseurs français.

Après avoir ainsi donné deux jours au repos
et à la curiosité, je ne songeai plus qu'à me
hâter de mettre en œuvre les moyens par lesquels
j'espérais parvenir à me créer une existence.
D'abord, je m'occupai de chercher en ville un

logement particulier, et, lorsque je l'eus trouvé,
je quittai mon hôtellerie, que mon compagnon,
M. F..., avait déjà quittée lui-même, ayant
trouvé de l'occupation. Ensuite, usant des lettres
de recommandation que j'avais pour quelques
négocians français, je m'empressai de les charger
de la consignation de ma pacotille. Bientôt, ils la
retirèrent de la douane. Mais, quel fut mon désappointement, lorsque je vis que cette ressource
sur laquelle j'avais compté serait absolument
nulle, soit par la dépréciation où se trouvait alors
la librairie française, soit par la détérioration
qu'avaient éprouvée en mer les autres articles que
j'avais apportés. Forcé de renoncer aux espérances que j'avais conçues de ce côté, n'ayant à attendre qu'une perte considérable, là où je devais
avoir du bénéfice, je me vis sans appui, réduit à
trouver en moi seul les moyens de me soutenir
au milieu d'une cité étrangère, où tout, jusqu'à la
langue, me présentait des difficultés à surmonter.
Cependant, je ne perdis pas courage, et, malgré
le peu de chances que m'offrait la littérature dans
un pays où les lettres sont en général peu appré-

ciées, j'essayai de publier un recueil de nouvelles françaises. Cette publication, ainsi que je
l'avais prévu, n'eut point de succès ; mais elle eut
pour moi le grand avantage de me faire connaître
promptement de mes compatriotes et de donner
en quelque sorte au public la mesure de mes petits talens. Elle m'attira, en outre, un bien inap-
préciable, l'estime des autorités françaises, que
M. le comte de Gestas, alors consul-général,
daigna me témoigner avec cette bonté qui le
rendait vraiment digne d'être un représentant du
roi de France.

Quinze jours après cette publication, j'eus la
satisfaction de me voir plus vivement recom-
mandé. Quelques compatriotes aussi obligeans
que zélés me rappelèrent que je savais dessiner,
et m'encouragèrent à donner des leçons de dessin, en me procurant des élèves; d'autres, m'appuyant auprès du directeur du *Courrier du Brésil*,
journal français, qui devint bientôt portugais,
sous le titre de *o Moderador* *, m'obtinrent un

---

* *Le Modérateur.*

emploi pour la révision de cette feuille *. Tous
ces avantages réunis n'étaient pas bien considérables, surtout dans un pays où tout est d'une
cherté excessive; mais pourtant ils me suffi-
saient, et ils avaient pour moi le mérite bien précieux de me soutenir moralement en me donnant
l'espoir d'une amélioration prochaine.

A l'époque que je retrace, tout au Brésil contribuait à fortifier cet espoir : le gouvernement
paraissait bien assis, le haut commerce était florissant; partout régnaient le luxe et l'aisance.
Dans une telle situation, je ne dus point balancer
à hâter le moment si désiré où je pourrais embrasser ma femme et mes enfans. Après avoir
pris conseils de personnes sages, je me détermi-
nai à les faire venir. L'Œdipe, qui m'avait amené,
était encore dans le port : je pris des arrangemens
pour un passage, et j'attendis avec impatience le

---

* Je n'ai pas oublié que c'est à l'obligeance de M. C.
D., l'un des Français les plus recommandables de Rio-
de-Janeiro, que j'ai dû et cet emploi et mes premiers
élèves.

retour du bâtiment, qui ne pouvait avoir lieu que sept à huit mois après.

Lorsque j'eus écrit la lettre qui disait à ma famille de venir me rejoindre, j'éprouvai un sentiment de bonheur qui avait pour moi quelque chose de l'espérance réalisée. L'idée d'un heureux avenir me remplissait de satisfaction, et, sans songer, hélas! que cet avenir pouvait être gros de soucis et d'alarmes, je m'abandonnai avec délices aux illusions de la vie. La position dans laquelle je me trouvais contribuait à les augmenter encore. Appelé comme professeur dans plusieurs maisons riches, j'y rencontrais pour ainsi dire malgré moi des distractions ; lié à l'entreprise d'un journal dont presque tous les articles se rédigeaient à table, et dont les principaux intéressés étaient des hommes de plaisir, j'étais presque dans l'impossibilité d'échapper à la joie. Elle est d'ailleurs si naturelle à l'homme qui espère, que je m'y livrai plus d'une fois, en répondant aux défis de ces gais collègues, qui, comme moi, s'entouraient des muses pour adoucir les rigueurs de l'exil. Le directeur du *Mode-*

rador, homme de beaucoup d'esprit, qui avait vécu à Paris dans le monde littéraire, et son principal collaborateur, le vieux colonel L. B., dont la plume avait anciennement contribué, en France, au succès de plusieurs feuilles périodiques, avaient, en fondant leur journal, attiré autour d'eux une quantité de jeunes officiers français au service du Brésil, qui, pour la plupart, concouraient plus ou moins à sa rédaction. Ils se réunissaient souvent, et ces réunions, provoquées par le travail, étaient presque toujours remplies par le plaisir; elles avaient fini par devenir de véritables assemblées lyrico-épicuriennes auxquelles un doux souvenir de la patrie prêtait quelque ressemblance avec celles de l'ancien rocher de Cancale. Là, comme chez le célèbre *Balaine*, un mot donné aux convives par le sort devait fournir le sujet d'une chanson. Souvent, il en fournissait de très-remarquables, et que n'auraient pas désavouées nos meilleures sociétés lyriques. Quoique les miennes assurément ne fussent pas de ce nombre, elles passaient dans la foule.

QUI VA DOUCEMENT, VA LONG-TEMS,

Air : *Du Vaudeville du Petit Courrier.*

Demandez à mon Apollon
Un impromptu, prières vaines :
Il lui faut au moins six semaines
Pour mettre au jour une chanson.
Sans se presser, cherchant la rime,
Il ne force pas ses talens ;
Et suit cette vieille maxime :
Qui va doucement, va long-tems.

Le buveur qui boit coup sur coup
Ce jus précieux de la treille,
Peut, à la seconde bouteille,
Perdre la raison tout à coup.
Mais celui qui sait, au contraire,
Bien mesurer ses coups fréquens,
Boit sans crainte l'année entière :
Qui va doucement, va long-tems.

Lorsque sur le soir mon voisin,
D'un air nonchalant et maussade,
Va conduire à la promenade
Sa jeune épouse, à l'œil malin,

A la coquette, un peu trop vive,
Il dit : Vos pas sont bien pressans ;
Madame, il suffit qu'on arrive,
Qui va doucement, va long-tems.

Aujourd'hui le sort d'un état
Sur le grand chemin s'improvise,
Et *courte et bonne* est la devise
De plus d'un nouveau potentat.
Peuples, qui faites en démence
Prince et lois en quelques instans,
Vous oubliez cette sentence :
Qui va doucement, va long-tems.

Jeunes gens qui voulez jouir
De votre jeunesse fougueuse,
Redoutez l'amorce trompeuse
Que vous offrira le plaisir ;
Profitez de cet avis sage
Si vous voulez, à soixante ans,
Répéter avec moi l'adage :
Qui va doucement, va long-tems.

VENEZ DEMAIN. *

Air : *Du Premier pas.*

Vous qui voulez une ronde joyeuse,
Dites un mot, et ma muse est en train ;
Mais vous que charme une épître amoureuse,
Une romance et triste et langoureuse,
  Venez demain.

Vous qui versez de la côte-rôtie,
Venez, venez, j'ai le verre à la main ;
Vous qui versez du surène ou du brie,
Ah ! laissez-moi respirer, je vous prie,
  Venez demain.

Vous débiteurs qui demandez quittance,
Venez, venez, j'ai la plume à la main ;
Vous créanciers dont l'avide insolence
Ose exiger plus que de l'espérance,
  Venez demain.

---

* Quand cette chanson fut chantée, il y avait à Rio-de-Janeiro plusieurs réfugiés français qui, dans la dernière guerre d'Espagne, s'é-
taient avancés, avec le drapeau tricolore, pour combattre l'armée
française, qui les repoussa aux cris de *vive le roi!*

Vous qui chantez l'air chéri de nos pères :
Vive Henri ! venez, chantez soudain ;
Vous qui chantez ces refrains sanguinaires,
Pour le bourreau, jadis si populaires,
    Venez demain.

Historiens dont la France s'honore,
Venez, jamais vous n'écrirez en vain ;
Vous dont la plume ose nier encore
Ce qui fut grand sans drapeau tricolore,
    Venez demain.

Et toi, Destin, qui trop souvent nous leurre,
Quand tes suppôts, de leur geste inhumain
Me montreront la fatale demeure,
Je leur dirai : Ce n'est pas encor l'heure,
    Venez demain.

Ces éclairs de gaîté étaient bien naturels dans
ma situation. J'entrevoyais, avec la possibilité de
réparer mes longs malheurs, l'assurance d'être
bientôt réuni à tout ce qui m'attachait à la vie. En
pareil cas, il aurait fallu plus que de l'insensibi-
lité pour accueillir la tristesse et repousser les
inspirations d'une douce philosophie. Inspirations si vives et si consolantes, je vous dois de

la reconnaissance : en animant mon luth, vous
avez semé pour moi quelques fleurs sur la terre
étrangère!

LE SOMMEIL.

AIR : *Dis-moi, soldat, dis-moi, t'en souviens-tu ?*

Jouet du sort, sur la rive africaine,
Un vieux soldat languissait en captif,
Et tous les jours, de pleurs baignant sa chaîne,
Il gémissait sous son poids oppressif.
Lorsqu'il tombait, accablé de ses veilles,
Avec douleur il répétait ces mots :
« Dors, malheureux; tandis que tu sommeilles,
Le tems s'écoule et fait trève à tes maux. »

« O doux sommeil, d'un bienfaisant nuage
Couvre mes yeux; romps un instant mes fers :
D'un songe heureux présente-moi l'image,
Rapproche-moi de ceux qui me sont chers !
Viens me montrer, sous l'ombrage des treilles,
Le toit natal et ses rians coteaux :
Dors, malheureux; tandis que tu sommeilles,
Le tems s'écoule et fait trève à tes maux. »

« Viens un moment d'une mère chérie
Me rappeler et les traits et la voix;

Unis mon ame à son ame attendrie ;
Mais la voici..... Je l'entends, je la vois.....
Oui, c'est bien toi, tendre mère, qui veilles,
Car une larme a mouillé tes fuseaux :
Dors, malheureux; tandis que tu sommeilles,
Le tems s'écoule et fait trève à tes maux. »

« Viens à mes yeux retracer d'une amie
Le doux regard, le sourire enchanteur ;
De ses accens rends-moi la mélodie,
Et sous ma main fais palpiter son cœur;
Fixe ma bouche à ses lèvres vermeilles,
A ses soupirs réunis mes sanglots :
Dors, malheureux; tandis que tu sommeilles,
Le tems s'écoule et fait trève à tes maux. »

« Rappelle-moi nos guerriers intrépides,
Dis-moi leur gloire et leurs brillans succès ;
Sur le Kremlin et sur les Pyramides,
Laisse-moi lire encor le nom français ;
Peins-moi la France, après tant de merveilles,
Sur l'univers arborant ses drapeaux:
Dors, malheureux; tandis que tu sommeilles,
Le tems s'écoule et fait trève à tes maux. »

« Soutiens en moi l'espoir de voir nos braves,
De leurs aïeux répétant les exploits,

Venger la France en brisant ses entraves
Près du tombeau du plus grand de ses rois *.
Mais un bruit sourd a frappé mes oreilles.....
Alger frémit,.... elle a vu nos vaisseaux,....
Dors, malheureux; tandis que tu sommeilles,
Le tems s'écoule et fait trève à tes maux. »

LES UNIFORMES.

AIR : *Honneur aux enfans de la France.*

Deux vieux guerriers, les yeux remplis de larmes,
De leurs regards embrassaient un laurier
Qui, tout poudreux, brillait parmi des armes
Dont s'étonnait leur rustique foyer.
En contemplant la couleur et la forme
De leurs habits, encor plus usés qu'eux,
   Pleins d'orgueil, ils disaient tous deux :
   « Honneur à mon vieil uniforme! »

« Vois, disait l'un, ce frac bleu que décore
Cet aigle d'or, ce revers échancré,
Des bords du Rhin aux rives du Bosphore,
Il fut cent fois par le fer déchiré;
L'adversité le mit à la réforme,
Mais il n'a pas cessé d'être Français.

---

* Louis IX.

Il revêtit *Lanne* et *Desaix :*
Honneur à mon vieil uniforme ! »

En relevant ses deux grises moustaches,
L'autre disait : « Vois ce digne habit blanc ;
J'en puis montrer les glorieuses taches,
Car c'est l'honneur qui les fit de mon sang.
Ah ! si le tems put le rendre difforme,
Il n'a pas moins brillé dans les combats ;
    Il revêtit *Saxe* et *d'Assas :*
    Honneur à mon vieil uniforme ! »

Arrive alors un jeune militaire,
Il les entend, met la main sur sa croix,
Et dit : « Voilà l'habit que je préfère :
Il est si simple et si noble à la fois !
L'honneur le vit où l'Ebre en flots se forme,
A Navarin, dans Alger et Modon ;
    Il couvre *Duperré*, *Bourmont :*
    Gloire, gloire à mon uniforme ! »

Mais un vieillard, à la démarche lente,
S'approche et dit : « J'ai compté cent moissons ;
Mes yeux ont vu la victoire inconstante,
Changer l'habit de ses preux nourrissons ;
Mais à nos mœurs, ce changement conforme,
Pour ces héros ne fut qu'extérieur :

Jamais ils n'ont changé de cœur,
Il n'ont changé que d'uniforme ! »

Il ajouta : « Réponds, ô ma patrie,
A ces lauriers cueillis à Berg-op-Zoom,
Au Caire, à Vienne, aux champs de l'Hespérie,
Ne dut-on pas un égal *te Deum ?*
Mais ta réponse à mes vœux se conforme,
Je t'entends dire : Honneur à tous les tems !
　Tous les braves sont mes enfans,
　Et j'adopte leur uniforme ! »

SOUVENIRS DU PAYS.

AIR : *D'Aristippe.*

Je voulais fuir vers la rive étrangère ;
Pour échapper au destin trop cruel.
J'ai réussi : sous un autre hémisphère
J'admire en paix le vif azur du ciel ;
Un sol fertile entoure ma retraite,
De ses beautés tous mes sens sont ravis ;
Je suis heureux, et pourtant je répète :
A mes vieux ans, Dieu, rendez mon pays !

Mon sort est-il de désirer sans cesse ?
Puis-je jouir d'un spectacle plus beau ?

Presqu'à mes pieds la mer calme caresse
Le sable d'or qui couvre ce côteau;
Mais, malgré moi, ce tableau me rappelle
Le vaste lac dont les flots amortis
Venaient baigner la maison paternelle ;
A mes vieux ans, Dieu, rendez mon pays!

A mes regards, sur le rocher sauvage,
Le haut palmier s'élance vers les cieux ;
J'ai du plaisir à goûter son ombrage ,
A contempler son port majestueux ;
Mais son écorce à mon ame attendrie
Rappelle celle où je gravai jadis
Le doux serment de n'aimer qu'une amie :
A mes vieux ans, Dieu, rendez mon pays !

Dans ces climats, de riantes campagnes,
A chaque pas, enchantent les mortels;
Autour de moi, les vallons, les montagnes,
Sont couronnés de gazons éternels;
Mais leur verdure éclatante et légère
Offre à mes yeux, par les pleurs obscurcis;
L'herbe qui croît sur ta tombe, ô ma mère!
A mes vieux ans, Dieu, rendez mon pays!

Dans le lointain, sur ces plaines amères
Qu'à l'horizon borne un ciel argenté,

Je vois flotter ces modernes bannières
Où l'anarchie écrivit : *Liberté !*
Mais dans mon cœur, sur une plus ancienne,
Je lis : Rocroi, Denain, Alger, Cadix,
Et, plein d'orgueil, je dis : Voilà la mienne !
A mes vieux ans, Dieu, rendez mon pays !

De l'étranger qui me reçoit en frère,
L'accueil me plaît et charme mes loisirs ;
J'aime à le voir gaîment choquer mon verre,
J'aime à chanter avec lui les plaisirs ;
Mais je retrouve en ce vin qui pétille
De doux toasts portés par des amis,
Et dans ces chants les accens de ma fille :
A mes vieux ans, Dieu, rendez mon pays !

Ces chansons, qui aujourd'hui n'ont d'autre
mérite que d'avoir arraché quelques larmes à des
compatriotes, en leur rappelant notre belle
France, lorsqu'elles furent composées, avaient à
mes yeux celui d'être l'expression de cette philosophie douce et consolante que l'espérance avait
répandue dans mon ame. Hélas! qui aurait pu
prévoir, au moment où elles voyaient le jour, que
le calme d'esprit qui les avaient fait naître serait
bientôt remplacé par les alarmes? Qui aurait pu

imaginer que quelques mois après avoir écrit à
ma famille de venir me joindre, je me repenti-
rais de lui avoir donné cet ordre ? C'est pourtant
ce qui m'arriva. Ce vaste empire qui, à mon
débarquement, paraissait si florissant et annonçait de longues prospérités, quelques mois après,
était menacé d'une ruine complète, par le débor-
dement subit des idées si faussement nommées
libérales. En quelques mois, des semences de
discorde et d'anarchie répandues dans toutes les
provinces, paralysèrent à la fois les ressources du
commerce et les ressorts du gouvernement. Un
état d'anxiété générale succéda, sur tous les
points, à la plus profonde sécurité.

Quel parti avais-je à prendre dans une situation si funeste ? empêcher le voyage de ma famille en lui donnant contre-ordre ? Il n'était plus
tems, et tout m'assurait qu'elle était déjà en mer.
On se peindra facilement l'état de perplexité dans
lequel je me trouvais alors. Tout présageait autour de moi de grands malheurs, et j'étais réduit
à l'impossibilité d'empêcher ceux que j'aimais
d'en devenir les témoins. En cette triste position

il ne me resta qu'à me résigner à mon sort en m'abandonnant à la Providence. Combien alors son secours me devint nécessaire ! La suspension forcée du *Moderador*, amenée par les circonstances, me fit perdre mon emploi ; le départ des personnes riches, que la crainte de troubles sérieux faisait éloigner de la capitale, m'enleva une partie de mes élèves : il ne me resta bientôt plus que le produit de quelques leçons. Ce fut en ce moment surtout que la plus stricte économie me fut imposée comme une impérieuse nécessité. Mais c'était là la moindre de mes peines. Ma véritable souffrance, c'était de voir bientôt souffrir auprès de moi les êtres qui m'étaient chers. Triste et funeste position qui me forçait à redouter la présence de ceux que je brûlais de presser contre mon cœur !

Ah ! si jusqu'à ce moment mon imagination avait accueilli avec facilité les illusions de l'espérance, avec quelle facilité aussi elle se laissa atteindre par le désespoir. Cette contrée, où naguère tout me promettait un avenir, ne me parut plus qu'une terre de malheur où ma mauvaise étoile ne m'avait conduit que pour achever de me perdre. Dès lors, une tristesse profonde s'empara de mon ame, et tous mes vœux se reportèrent vers une patrie où, du moins, dans l'infortune, j'étais assuré de trouver pour dernier refuge le tombeau de mes pères. Ce sentiment de tristesse qui m'accablait en particulier régnait presque généralement, surtout parmi les étrangers, qui pressentaient les suites terribles de la catastrophe qui menaçait l'empire. Chacun vivait plus retiré, et moi, plus que personne, je recherchais la solitude. Lorsque j'avais fini mon travail, je me renfermais dans ma chambre; je relisais en pleurant les lettres de ma famille, et, quand mes yeux n'avaient plus de larmes, je cherchais dans mes livres favoris la consolation de mes peines et le soutien de mon courage. Auteurs immortels qui m'avez si souvent prodigué ces biens si précieux, des hauteurs du Parnasse où vous êtes assis, recevez aujourd'hui l'humble hommage de la reconnaissance de votre admirateur, et pardonnez-lui d'avoir pris pour les inspirations de la Muse les plaintes de l'infortune.

6 *

MES LIVRES.

J'ai vu le tems emporter sur son aile
 Et mes plaisirs et mes beaux jours ;
 Et de la fortune rebelle
J'ai vu le char se briser pour toujours.
 Des cours instans de ma jeunesse,
Vous qui souvent fites le doux emploi,
Calmez mes maux, réchauffez ma vieillesse ;
 O mes livres, consolez-moi !

Las ! c'en est fait, sous la main d'une amie
 Mes pleurs ne se sécheront plus ;
 Pour la compagne de ma vie
J'ai vu s'ouvrir le séjour des élus.
 Adoucissez ma peine amère,
Rousseau, Cottin, Saint-Pierre, Dufrenoy,
Rappelez-moi celle qui me fut chère,
 O mes livres, consolez-moi !

Plus d'une fois j'entendis d'un autre âge
 Dédaigner les nobles hauts-faits ;
 J'ai souffert d'un semblable outrage,
Car nos aïeux aussi furent Français.
 Vous qui, dans la même balance,
Pesez *Denain, Wagram* et *Fontenoy*,

Fils de Clio, vengez la vieille France,
  O mes livres, consolez-moi!

Des élémens d'une philosophie
    Qui met en doute l'Eternel,
    J'ai vu sortir la secte impie
    Qui détruisit et le trône et l'autel.
    Vous dont l'éloquence divine
Défend sans cesse ou mon prince ou ma foi,
Châteaubriand, *Fénélon*, *La Martine*,
    O mes livres, consolez-moi!

Puisqu'au Parnasse une muse bâtarde,
    Dans ses écarts audacieux,
    Par les chants sauvages du barde
A remplacé nos chants mélodieux;
    Despréaux, *Molière*, *Corneille*,
Vous qui du goût avez écrit la loi,
Du vrai génie offrez-moi la merveille,
    O mes livres, consolez-moi!

J'ai déploré du siècle de lumières
    La froide et fausse gravité;
    Et j'ai regretté de nos pères
L'esprit si vif et la franche gaîté.
    Vous, dont la verve heureuse et rare
Vers le plaisir entraîne malgré soi,

Collé, Panard, Berlin, Chaulieu, Lafare,
    O mes livres, consolez-moi !

J'osai briguer cette palme féconde
    Qui du talent double l'essor;
    J'ignorais alors qu'en ce monde,
« Il rampe et meurt s'il n'a des ailes d'or. »
    Vous que la patrie en marâtre
A l'hôpital vit mourir sans émoi,
Je vous entends, *Gilbert* et *Malfilâtre*,
    O mes livres, consolez-moi !

Souvent j'allais me promener seul sur les bords
de la mer. Après avoir erré pendant des jour-
nées entières au milieu des riantes maisons de
plaisance et des somptueuses habitations de *La-*
rangeiras ou de *Bota-Fogo*, de *Praia-Grande* ou de
Ponto-de-Caju, d'*Engenho-Velho* ou de *San-Chris-*
tovão *, je venais quelquefois sur les hauteurs *du*

---

* Ces différens bourgs, situés dans un rayon d'environ deux lieues autour de la ville, sont habités par les
personnes les plus marquantes, notamment par les ré-
sidens des puissances européennes, et par les riches
négocians étrangers. On remarque à Saint-Christophe
le château impérial, dont la situation au bord de la mer

Gloria *, chercher à la fois le repos du corps et de l'ame. J'entrais d'abord pour prier dans la chapelle, et, ensuite, assis à l'ombre de ce clocher qui s'élève si pittoresquement au dessus des masses vertes de manguiers et de *cajus* qui couvrent ce petit promontoire, je contemplais, au loin, l'immensité des flots, et, en les voyant parfois passer paisiblement à travers des écueils, il me semblait qu'une voix divine m'invitait à rester calme dans le malheur. Quelquefois aussi, au coucher du soleil, je montais sur les hautes terrasses qui forment le parvis du monastère de Saint-Antoine, situé au centre de la ville, au

est admirable, mais dont la construction est bien ordinaire. Saint-Christophe est le Saint-Cloud de Rio-de-Janeiro. C'était le séjour habituel de dom Pedro. On voit aussi à *Bola-Fogo*, et à *Ponto-de-Caju*, des palais et des jardins qui n'ont réellement d'impérial que le nom, et ne valent pas nos simples maisons de plaisance.

* La Gloire est une petite colline boisée qui s'avance dans la mer, et tient à l'un des quartiers de Rio-de-Janeiro.

sommet, d'une petite colline d'où l'on découvre
l'entrée de la baie. Là, tant que le jour me le
permettait, j'observais l'arrivage des navires, et
mon cœur, tout en le redoutant, volait au devant
de *l'Œdipe*.

Souvent encore j'allais à l'une des extrémités
de la ville sur les coteaux pittoresques de *Sainte-
Thérèse**. Je gravissais les rapides sentiers, et tout
en roulant dans mon esprit de nouveaux projets
d'avenir, après avoir marché plusieurs heures,
je venais m'asseoir au pied de la magnifique cas-

---

* Sainte-Thérèse est une montagne dont le pied
touche à une des extrémités de Rio-de-Janeiro, et
dont le sommet tient au pic du *Corcovado*. C'est une
promenade on ne peut plus pittoresque. Elle est le
rendez-vous d'une foule d'habitans qui vont, dans les
jours de fête, y faire des parties. On rencontre souvent, depuis le couvent de femmes qui se trouve sur
le premier plateau jusqu'aux cascades qui tombent du
Corcovado, des familles de toutes les nations, assises de
distance en distance à l'ombre des papayers, des pal-
mistes et des citronniers, mangeant galment sur l'herbe
les provisions apportées péniblement par les nègres qui
les servent.

cade qui s'échappe en gerbe d'argent des flancs bruns et rocailleux du *Corcovado*. Lorsque le murmure des ondes avait reposé mon ame, et que le soleil n'était pas trop ardent, je montais jusque sur la cime de cette montagne pour y jouir d'un spectacle qui flattait ma misanthropie. De ce pic si élevé, je découvrais une étendue immense de terre et de mer : toutes les merveilles de la nature m'apparaissaient à la fois grandioses et sublimes : l'homme, seul au milieu d'elles, se montrait à mes yeux faible et chétif.

Un jour, après un court repos sous les restes du pavillon érigé par dom Pedro sur le plateau de ce pic, je redescendais vers la cascade par un chemin peu fréquenté, lorsqu'à un détour, un noir, debout au pied d'un vieux palmier, dans une attitude immobile et les yeux fixés sur la pleine mer, s'offrit subitement à mes regards. Surpris de reconnaître en ce nègre un ouvrier charpentier auquel j'avais eu l'occasion d'ordonner quelques travaux pour l'imprimerie du *Moderador*, je lui demandai ce qu'il faisait si loin de la ville. Il me répondit en portugais : « *Estou*

*rogando as agoas de levar as minhas saudades até
minha cara terra.* » C'est-à-dire : « *Je prie les
ondes de porter mes tendres souvenirs jusqu'à mon
cher pays.* » Et le malheureux noir essuyait avec
la manche de sa chemise de toile grise, deux
grosses larmes qui brillaient comme des perles
sur l'ébène de ses joues. Touché de la réponse de
cet infortuné, je me sentis pénétré d'un sentiment d'intérêt que tout semblait justifier en lui.
Ses traits n'avaient rien de cette irrégularité si
ordinaire chez les nègres; son air de force et de
santé annonçait que son âge n'excédait pas trente
ans; son regard plein d'expression respirait la
fierté, et, malgré ses vêtemens grossiers, une
sorte de dignité dans son maintien rehaussait
encore sa taille avantageuse. Je voulus connaître
son histoire, et *José* (c'était son nom) ne savait
comment me témoigner la joie qu'il éprouvait de
voir un blanc s'enquérir ainsi de ses souffrances.
Il m'invita à le suivre pour me reposer. Je m'en-
fonçai avec lui dans un sentier couvert, et, après
avoir fait quelques pas, je fus tout étonné de
trouver, dans l'épaisseur d'un bosquet de tama-

rins et de goyaviers, une petite cabane où mon
conducteur m'invita à m'asseoir. Cette cabane,
construite avec des branches d'arbre, n'offrait
d'autres meubles que deux escabelles et une natte
de jonc, et d'autre ornement qu'une petite croix
de bois de jacaranda suspendue en face de la
porte. Le tout était l'ouvrage de José, qui m'apprit que depuis dix ans il était esclave à Rio-de-
Janeiro, et que depuis trois mois son dernier
maître étant mort en lui donnant la liberté, il
était venu fixer sa demeure dans l'endroit le plus
près de son pays ; et pour le malheureux noir,
l'endroit le plus rapproché de l'Afrique était
celui d'où il pouvait contempler sans témoin
l'immensité des flots. Ce sentiment si vrai d'attachement au sol natal redoubla ma curiosité. J'in-
terrogeai José sur le lieu de sa naissance et sur
ses souvenirs de famille. Alors, tirant de dessous
la natte qui lui servait de coucher un petit carré
de toile de coton blanche, sur laquelle des appli-
cations d'une autre étoffe noire représentaient
une couronne, et plusieurs têtes d'hommes et de
femmes, le pauvre nègre me dit, en montrant

7

du doigt la couronne et les figures : « Voici la
coiffure qui a orné ces têtes, et ces têtes sont
celles de mes ancêtres. Ils sont là-haut, ajouta-t-il
en soupirant et en indiquant le ciel, ils sont heureux; mais il y en a d'autres qui souffrent comme
moi sur la terre. » Puis il détacha la croix de
bois du clou où elle était suspendue, ouvrit le
coffret qui lui servait de base, et en tira quatre
petites figures en bois d'ébène, grossièrement
sculptées, représentant deux vieillards, une jeune
femme et un enfant. Alors, me montrant celui
des deux vieillards dont la tête était couronnée,
il me dit : « Celui-là est mon oncle et mon roi. »
Ensuite, pressant alternativement les trois autres figures contre son cœur, il s'écria : « Voici
mon père! voici mon épouse! voici.... Ah! que
dirai-je? les barbares ne m'ont pas donné le
tems de le voir naître! » Et il couvrait de bai-
sers ces images, triste consolation imaginée par
son ingénieuse tendresse !

Touché jusqu'aux larmes par une scène aussi
attendrissante, je cherchais en vain des expres-
sions pour calmer l'agitation de cet infortuné,

Enfin, je parvins à l'apaiser en flattant ses espérances, qui étaient de réunir, à force de travail, la somme nécessaire pour retourner quelque jour sur la côte d'Angola, pour y retrouver sa royale et malheureuse famille. Peu à peu, se livrant à la joie que lui inspirait la seule idée de son retour, il tira avec transport d'un vase de terre soigneusement caché dans un coin de la cabane, quelques pièces d'argent qu'il avait déjà amassées depuis qu'il était devenu libre. J'ajoutai quelque peu à cet argent, dont la destination était si touchante. J'acceptai, en revanche de la reconnaissance du bon José, une petite pipe en terre noire à tuyau de jonc, et après que je l'eus, sur ses instances, fumée dans sa cabane, je pris congé de lui, non sans être vivement ému de tout ce que je venais de voir *.

Je redescendis tristement les sentiers solitaires de la montagne, profondément affecté du sort de

---

* Je revins plusieurs fois au *Corcovado* pour revoir le pauvre *José*. Mais environ six mois après, je ne le retrouvai plus : sa cabane était abandonnée. Je n'ai jamais pu savoir ce qu'il était devenu. Puisse cet infor-

ce malheureux, qui m'avait fait mesurer d'un
coup-d'œil le dernier degré des vicissitudes de la
fortune et des misères humaines. Je sentais, en
comparant mes souffrances aux siennes, tout ce
que je devais à la miséricorde divine. Animé par
l'exemple de résignation de ce courageux Afri-
cain, qui, au comble du malheur, ne désespérait
pas encore de le vaincre, j'osai rêver un nouvel
avenir, et, parvenu sur les plateaux de Sainte-
Thérèse, en voyant au loin des bâtimens prêts à
passer la barre, pour se rendre dans l'autre
hémisphère, je me surpris à dire : Courage,
quand les efforts de ma famille seront venus se
réunir aux miens, quelque jour ces vaisseaux me
reporteront aussi dans ma patrie! Et cette pensée consolante demeurait, dans mon esprit, in-
séparable du malheureux José. J'étais tellement
pénétré de l'affreuse situation de cet enfant de la
nature, qui ne devait ses maux qu'à une barbarie
de la civilisation, qu'une inspiration poétique

---

tuné avoir trouvé une occasion favorable de retourner
sur les côtes d'Angola !

m'entraîna presque malgré moi à essayer de la consacrer.

Arrivé à la ville, je m'empressais de rentrer chez moi pour y fixer mes idées, lorsque, rencontrant des compatriotes, j'appris une nouvelle qui me frappa comme un coup de foudre. C'était le 14 septembre 1830. Un navire anglais, venu en quarante-cinq jours, était entré depuis quelques heures dans le port, et avait annoncé officiellement qu'une terrible révolution avait éclaté à Paris. Cette nouvelle, à laquelle le glorieux événement de la prise d'Alger avait si peu préparé les esprits à Rio-de-Janeiro, me jeta, comme tous les Français, dans la plus grande consternation. D'abord, je me refusai à y croire, et je ne fus convaincu que lorsque je lus moi-même dans les journaux les détails de l'épouvantable catastrophe qui avait précipité du trône trois rois en trois jours. Cette affreuse certitude qui, au milieu du sang de tant de victimes, me montrait l'anéantissement des principes de toute ma vie, non-seulement me faisait trembler pour les destinées de ma patrie, mais encore pour celles de

ma famille. Je craignais que Versailles, par sa
situation et surtout par son attachement connu
à la monarchie, n'eût eu plus qu'aucun lieu, à
souffrir des fureurs révolutionnaires. C'était là
que j'avais laissé tout ce que j'avais de plus cher,
et rien ne m'assurait que le départ que j'avais
ordonné eût été effectué. Que d'alarmes, que
d'anxiétés s'emparèrent alors de mon ame! Quel
découragement, surtout, vint frapper tout mon
être, quand je me vis forcé de déplorer, à la fois,
le passé, le présent et l'avenir! Heureusement
pour moi, un état si pénible ne se prolongea pas.
Deux jours à peine s'étaient écoulés, que mes
yeux, sans cesse tournés vers la montagne des
signaux, virent enfin signaler un bâtiment français entré au coucher du soleil. Un pressentiment
me disait que c'était *l'Œdipe*. J'en fus bientôt
assuré : des amis, qui savaient mes craintes et
mon impatience, s'empressèrent de m'informer
que le navire avait quitté le Havre le jour même
de la révolution, et me firent tenir une lettre que
quelques passagers, venus à terre malgré la nuit,
avaient apportée pour moi.

Je n'essaierai pas de retracer ce que j'éprouvai à la réception de ce bienheureux message, qui m'assurait que le lendemain matin je pourrais embrasser ma femme et mes enfans. La joie que je ressentis fut inexprimable, et ses transports effacèrent en un instant à mes yeux, non-seulement les maux que j'avais soufferts, mais la crainte de ceux que j'avais à souffrir encore. Ainsi que la douleur, la joie a ses agitations. Il me fut impossible de me livrer au sommeil, et, pour abréger les heures trop lentes de cette longue nuit, j'appelai à mon secours la tendre muse qui, deux jours auparavant, m'avait inspiré l'idée d'esquisser l'histoire touchante du nègre du *Corcovado*.

LES ADIEUX DU NÈGRE.

Un pauvre noir, qu'une main inhumaine
Venait ravir aux rives du Niger,
Versait des pleurs en voyant sur sa chaîne
Se refléter le soleil du désert.
En s'éloignant de la savanne immense,
Il soupirait ces mots interrompus :

« Séjour heureux, témoin de mon enfance,
    Adieu, je ne te verrai plus. »

« Bois consacré par la main de nos prêtres,
    Toi qui redis leurs cantiques pieux;
Lieu vénéré, tombeau de mes ancêtres,
Las! vous allez disparaître à mes yeux;
Arbres divins, où d'une mère tendre
Errent encor les mânes suspendus *,
Bien loin de vous, mes pleurs vont se répandre,
    Adieu, je ne vous verrai plus! »

« O toi qui fis de mon jeune courage
L'effroi du tigre et de l'ours furieux;
Toi dont la main à la fois vive et sage
M'apprit encore à vaincre dans nos jeux;
Toi qui disais, dans ton amour austère :
Deviens, mon fils, l'honneur de nos tribus!
A tes leçons, on m'arrache, ô mon père!
    Adieu, je ne te verrai plus! »

« O ma Zora, tes vertus et tes charmes
A ton époux sont à jamais ravis;
Ta douce main n'essuira plus ses larmes,
Loin de ses yeux brillera ton souris;

* Plusieurs tribus sauvages ont la coutume de suspendre aux branches de certains arbres les dépouilles des morts.

Du premier-né promis à notre ivresse,
Jamais mes chants ne seront entendus;
Toi seule, hélas! lui diras ma tendresse :
  Zora, je ne te verrai plus! »

« O toi, l'orgueil, l'amour de ma patrie,
Toi, le plus juste et le meilleur des rois,
Entends mes pleurs, vois mon ame flétrie,
Trouver des fers loin de tes douces lois;
Toi, dont mon bras a défendu l'asile,
Au jour fatal où tes droits méconnus.....
Mon sang, hélas! te devient inutile!
  Adieu, je ne te verrai plus! »

« Toi que j'aimais, ô timide gazelle,
Quand vers Zora tu précédais mes pas;
Toi que j'aimais, ô mon coursier fidèle,
Quand sous mon poids tu volais aux combats;
Bientôt, errant sur le rivage more,
Vous franchirez sans moi ces pics aigus,
Où les échos murmureront encore :
  Adieu, je ne vous verrai plus! »

Le jour me surprit au moment où j'achevais
de recueillir ces pensées. Je répétais encore avec
le malheureux José : *Adieu, je ne vous verrai plus,*

7 *

lorsque les premiers rayons du soleil brillèrent
sur le port. Aussitôt mes yeux se tournèrent avec
reconnaissance vers le Christ d'ivoire jauni qui,
du chevet de ma mère mourante, avait passé au
mien, et je m'écriai : O mon Dieu! vous m'a-
vez bien épargné! Enfin, l'heure désirée avec
tant d'ardeur arriva : je pus me diriger vers l'Œ-
dipe. Un *bote* * pris à la *praia Dom-Manoel***,
grâce à la vigueur de ses quatre rameurs noirs,
eut bientôt franchi la distance qui me séparait du
bâtiment. Lorsque le *bote* eut dépassé le fort de
Villaganhão, je pus facilement reconnaître le navire qui se trouvait mouillé parmi beaucoup d'autres. Bientôt, au milieu des nombreux passagers
qui couvraient le tillac, j'aperçus mes enfans et
leur mère, dont les regards avides me cherchaient
au loin dans chaque embarcation. Je leur fis un
signe auquel ils répondirent; des larmes s'échap-

---

* Espèce de grande chaloupe qui sert à transporter
les voyageurs sur les différens points de la baie.

** Grève près de laquelle se tient le principal marché, et où abordent presque toutes les embarcations.

pèrent de mes yeux, et, brûlant d'approcher, je
pris moi-même le gouvernail de la trop lente
barque, qui accosta enfin *l'Œdipe*. En un instant
je fus sur le pont. J'embrassai ma famille : tous
mes maux furent oubliés.

Le *bote*, qui m'avait amené seul, me récon-
duisit dans une bien douce compagnie à la *praia
Dom-Manoel*. Ce lieu de débarquement, dont les
abords sont si sales et si infects, fut naturellement pour mes chers hôtes un avertissement des
dégoûts qui les attendaient sur cette terre qu'ils
avaient désirée aussi vivement que moi. Hélas! il
n'était pas en mon pouvoir de les leur épargner!
Il fallut qu'à chaque pas ils les rencontrassent,
même dans les plus petites choses. Le logement
où je les fis descendre ayant été loué à la hâte,
était un des plus incommodes de la ville. Le
changement subit et total des habitudes de la vie
intérieure et extérieure était un ennui sans cesse
renaissant, et cela dans un pays dont la situation,
de plus en plus alarmante, ne laissait presque
plus de ressources au travail.

Cependant le courage, la raison et l'habitude

leur apprirent bientôt comme à moi à suppor-
ter leurs peines. Bientôt, réunissant nos forces
comme en un faisceau, nous ne songeâmes plus
qu'à maîtriser le sort, et à hâter, par nos communs efforts, le retour dans la patrie qui, toute
désolée qu'elle était, nous paraissait encore pré-
férable à un exil qui ne nous promettait ni fortune ni sécurité. Quoique jusqu'alors l'ensei-
gnement, auquel je m'étais livré, ne m'eût fourni
qu'un faible moyen d'existence, je reconnus que
l'état de professeur était le seul que je pusse
exercer, et le seul qui convînt à ma fille. En
conséquence, je continuai mes leçons, et j'ouvris
pour elle, dans un des meilleurs quartiers de la
ville, une institution de jeunes personnes où,
appuyée de sa mère, elle enseigna à la fois les
langues, le dessin et la musique. Malgré l'étendue de la population, et le besoin réel d'éduca-
tion, cette institution ne réunit qu'un petit nombre d'élèves. C'est ce qui devait arriver dans un
pays où l'instruction est encore assez peu appré-
ciée pour qu'un maître à danser y trouve le super-
flu, quand l'homme lettré y manque du nécessaire.

Il y avait à peine six mois que nous étions install-
lés et qu'on commençait à nous connaître, quand
la révolution, qui menaçait depuis long-tems,
éclata tout à coup dans la capitale de l'empire.
Sous les diverses dénominations d'absolutistes,
de constitutionnels, de fédéralistes, de nationaux
et d'étrangers, déjà les factions étaient en présence dans les chambres et dans les journaux. Il
ne leur manquait qu'une occasion pour en venir
aux mains sur la place publique. Bientôt, l'ambi-
tion de quelques chefs militaires la fit naître, en
poussant à la rébellion une poignée de mulâtres,
qui ne représentaient pas plus la nation brésilienne que jamais la populace des faubourgs de
Paris n'a représenté la nation française. Cependant, il suffit à quelques régimens composés des
élémens les plus hétérogènes de déployer ouver-
tement l'étendard de la révolte pour renverser
l'échafaudage impérial, récemment élevé par des
mains inhabiles sur la partie la plus mouvante du
sol de l'antique monarchie portugaise. Les voci-
férations de quelques milliers de rebelles, en
remplissant les voûtes du palais de Saint-Chris-

tophe; retentirent à l'oreille timorée du chef de
l'état comme le cri de tout un peuple, et dom
Pedro Ier, aimant mieux capituler que de combattre, abdiqua, sans paraître se douter que les
masses de la population étaient prêtes à soutenir
ses droits. A la fleur des ans, l'héritier du beau
nom de Bragance ne pensa pas, comme ce roi
courbé par l'âge et par le malheur, qui disait
qu'au jour du danger il lui suffirait de traverser
sa capitale pour y réunir une armée * ; il cessa de
régner, et des grandeurs de la couronne, il n'emporta que de l'or. Son fils lui succéda sans oppo-
sition. Les révolutionnaires à demi-sauvages,
d'une des contrées les plus arriérées de l'Amérique, se montrèrent plus sages dans leurs excès
que les bouleversateurs philosophes du pays le
plus éclairé de l'Europe. L'enfant de la fille des
Césars ** n'alla pas, comme celui de la fille des
Capets, expier son innocence dans l'exil. Restée

---

* Louis XIV.
** Le jeune empereur dom Pedro II est, par sa mère,
petit-fils de l'empereur d'Autriche.

debout comme un phare au milieu des tempêtes,
la légitimité put encore faire espérer au Brésil
d'échapper aux écueils.

Quelques jours avaient suffi à cette révolution,
préparée depuis long-tems, pour éloigner dom
Pedro Ier des côtes de l'empire, et pour intrô-
niser son successeur avec la régence qui devait
gouverner en son nom; mais il fallut beaucoup de
tems pour calmer la fureur des partis, d'autant
plus à craindre que la rapidité des événemens
l'avait pour ainsi dire concentrée. Cette fureur,
qui n'avait pu éclater dans un mouvement général, ne tarda pas à se signaler par des vengeances
partielles, que les efforts du nouveau gouvernement cherchèrent en vain à réprimer. Des poi-
gnards s'aiguisèrent dans l'ombre; des mains
esclaves furent armées par la lâcheté; de nombreuses victimes tombèrent; et les habitans paisibles d'une grande cité eurent à ajouter à la
crainte des émeutes populaires, sans cesse renais-
sante, celle des assassinats *.

---

* Pendant plusieurs mois, nombre de personnes fu-

Dans un tel état de choses, Rio-de-Janeiro, naguère si brillant, ne présentait plus que l'aspect du désordre. Le commerce, réduit à la plus triste stagnation, et l'industrie, entièrement paralysée, y avaient tari à la fois toutes les sources de la prospérité publique. Au milieu de circonstances si désastreuses, je ne pouvais m'attendre à réussir dans la modeste entreprise que j'avais formée. Elle obtint un succès d'estime; mais tout espoir de succès pécuniaire lui demeura interdit. Ce fut alors qu'il nous fallut redoubler de courage et de persévérance; eux seuls pouvaient désormais accomplir les projets de retour dans lesquels les événemens nous faisaient persister d'une manière invariable. Pendant deux

---

rent assassinées en plein jour sur la voie publique. On a compté jusqu'à vingt cadavres déposés en vingt-quatre heures à l'hôpital de la *Miséricorde*. Dans un moment la consternation était si grande, qu'on n'osait plus sortir des maisons, et que, pour faire respecter les étrangers menacés, les différens consuls européens arborèrent leurs drapeaux, en invitant leurs nationaux à porter ostensiblement les couleurs de leurs pays.

années consécutives, nous nous livrâmes sans
relâche au travail le plus assidu, et nous ne cher-
châmes de distraction que dans la seule fréquen-
tation de quelques honorables compatriotes, dont
le souvenir nous est aussi cher que nous est précieux celui de plusieurs étrangers dont nous
n'avons pas oublié le sincère accueil. Ces personnes, différentes de rang et de fortune, mais
toutes aussi estimables, ces personnes, qui me
montrèrent au même degré intérêt et considération, occupent également une place dans ma
mémoire. La franche cordialité de cet honnête
marchand qui m'invita à une fête de famille, en
me priant avec bonhomie de ne pas manquer de
l'égayer par une chanson, m'est aussi présente
que la gracieuse amabilité de cette grande dame
qui, pour animer une de ses brillantes soirées,
voulut bien me demander quelques couplets sur
mes *cheveux gris*. Qu'il me soit permis de rapporter
ici ces compositions d'une origine si opposée;
elles serviront à rappeler ce principe généralement répandu dans les colonies, et trop souvent
méconnu en Europe, que l'hospitalité a autant de

prix au foyer de l'homme obscur qu'à celui de l'homme puissant.

MA PIPE.

AIR : *Honneur aux enfans de la France.*

Douce compagne, ô toi qui me rappelles
Des tems heureux et d'innocens plaisirs,
N'obscurcis pas tes vives étincelles,
N'éloigne pas mes plus chers souvenirs.
Quand ta fumée en flocons s'évapore,
Elle dérobe à mes yeux le destin ;
 Ton feu dissipe mon chagrin :
 Brûle, ma pipe, brûle encore.

En te fumant, je songe à mon vieux père,
Entre ses mains, jadis tu t'allumas ;
Je crois le voir te quitter pour son verre,
Et te reprendre à la fin du repas ;
Oui, je le vois..... j'entends sa voix sonore,
Elle me dit : Mon fils, sois vertueux !
 Prolonge cet instant heureux,
 Brûle, ma pipe, brûle encore !

Plus d'une fois, dans les champs de la gloire,
Tu me rendis le courage et l'espoir,

Plus d'une fois aussi de la victoire
Tu fus pour moi le joyeux encensoir.
Lorsque ton feu pétille et se colore,
Je vois les camps et leurs repos guerriers ;
    Tu reverdis mes vieux lauriers :
    Brûle, ma pipe, brûle encore !

Rappelle-moi ces déserts d'Amérique,
Où par le sort je me vis transporté ;
Rappelle-moi du sauvage cacique
Le calumet et l'hospitalité.
Mais près de là, tu me montres l'aurore
Du peuple heureux qui ne dut ses succès
    Qu'à la grandeur d'un roi français *.
    Brûle, ma pipe, brûle encore !

Toi, que l'honneur, les arts ont illustrée ;
Toi, qui charmas *Jean-Bart* et *Girodet*,
Console-toi de te voir censurée
Dans ces salons où l'on te méconnaît ;
Quand le génie ou la gloire t'honore,
Quand ta vapeur comme elle monte aux cieux,
    Tu peux braver les envieux :
    Brûle, ma pipe, brûle encore !

---

* C'est l'expédition envoyée par Louis XVI qui assura l'indépendance
des États-Unis.

MES CHEVEUX GRIS.

Air : *J'entends au loin l'archet de la Folie.*

Amis joyeux, troupe aimable et légère,
Pourquoi cesser vos jeux et vos chansons?
Ma faible voix, quoique sexagénaire,
A vos concerts peut mêler quelques sons;
Mon cœur encor peut goûter votre ivresse,
Car, je le sens, mes traits seuls sont vieillis.
Plaisir, amour, gloire, beauté, jeunesse,
Ne fuyez pas devant mes cheveux gris !

Tendres bergers, pastourelles heureuses,
Ne quittez pas votre gai chalumeau;
Continuez vos danses gracieuses :
En les voyant, je revois mon hameau.
De vos transports je conçois l'allégresse :
J'ai sous l'ombrage aussi dansé jadis.
Plaisir, amour, gloire, beauté, jeunesse,
Ne fuyez pas devant mes cheveux gris !

Chastes amans, et vous, époux fidèles,
En traits de feu dépeignez votre ardeur;
J'applaudirai si vous chantez les belles:
Ainsi que vous, je leur dois le bonheur;

Je saisirai vos doux mots de tendresse,
Car, Philémon, j'aime encor ma Baucis.
Plaisir, amour, gloire, beauté, jeunesse,
Ne fuyez pas devant mes cheveux gris !

Braves guerriers, célébrez vos faits d'armes,
Montrez-moi l'aigle embrassant l'univers ;
A vos accens je trouverai des charmes,
Car comme à vous les lauriers me sont chers.
De la valeur je comprends la noblesse :
J'ai, sous Condé, combattu pour les lis.
Plaisir, amour, gloire, beauté, jeunesse,
Ne fuyez pas devant mes cheveux gris !

Jeunes auteurs que le génie inspire,
Soyez l'honneur du nouvel Hélicon ;
Mon cœur, qui bat au son de votre lyre,
Vous reconnaît pour des fils d'Apollon.
De votre vol je sens la hardiesse :
J'ai d'un autre âge admiré les écrits.
Plaisir, amour, gloire, beauté, jeunesse,
Ne fuyez pas devant mes cheveux gris !

Nobles amis, vous buvez à la France,
Ah ! remplissez ma coupe jusqu'au bord ;
Malgré les ans, cette main qui s'avance,
A vos toasts répondra sans effort.

Versez, versez, je veux boire sans cesse
D'un vin qui coule au nom de mon pays.
Plaisir, amour, gloire, beauté, jeunesse,
Ne fuyez pas devant mes cheveux gris!

Malgré le plaisir que je pouvais attendre de circonstances semblables, il m'arrivait bien rarement d'en profiter. Nous savions que chaque instant employé au travail était un pas vers la France, et nous regrettions jusqu'aux instans que la fatigue nous forçait quelquefois d'abandonner au repos ou à la distraction. Instruire les autres et nous instruire nous-mêmes, telle était notre constante occupation. J'avais tellement éprouvé que partout l'instruction est une ressource certaine dans l'adversité, que je cherchais les occasions d'augmenter le peu que j'en possédais. Quelques mois après l'abdication de dom Pedro, il s'en présenta pour moi une des plus favorables. Appelé dans la maison du chevalier Simplicio Rodriguez de Sá, premier peintre de la chambre impériale, pour y donner des leçons de français à ses enfans, j'eus le bonheur de me lier avec lui. Bientôt cette liaison, prenant le caractère de l'amitié, fit du maître de langue un élève de peinture. L'homme de talent et d'imagination, l'artiste qui aurait pu aspirer à la gloire dans un pays éclairé, me prodigua ses conseils avec tant de bonté, qu'au bout de quinze mois je fus presque étonné de me trouver peintre. Puisse cet excellent ami, dont les lumières me fournirent un moyen d'existence de plus, trouver dans l'expression de ma reconnaissance un léger adoucissement au malheur de vivre loin des arts et de la patrie *!

Pendant que je travaillais ainsi de longue main à accroître les seules ressources sur lesquelles il m'était désormais permis de compter, je m'occupais aussi de préparer, par toutes les voies possibles, mon retour en France. Dans l'inten-

---

* M. Simplicio, depuis plus de vingt ans, a quitté Lisbonne pour se fixer à Rio-de-Janeiro. S'il était resté en Europe, assurément il pourrait en être aujourd'hui un des peintres distingués. J'ai vu de lui, dans une des salles de l'hôpital des Enfans-Trouvés, un grand tableau dont plusieurs groupes auraient suffi pour établir une réputation.

tion d'obtenir un passage de faveur à bord d'un bâtiment de l'état, j'avais, par l'entremise d'une personne qui se rendait à Paris, écrit au ministre de l'instruction publique, en appuyant ma demande de l'hommage d'un exemplaire de mon dernier ouvrage, achevé à Rio-de-Janeiro. Je n'espérais pas grand succès de cette démarche, que je n'avais pour ainsi dire faite que pour n'avoir rien à me reprocher. En effet, que pouvait attendre d'un ministre de la révolution de juillet un solliciteur qui n'avait d'autre recommandation qu'un livre dont la première phrase commençait ainsi : *Lorsque l'affreux génie des révolutions eut cessé de couvrir la France de ses ailes sanglantes.....?* Cependant une réponse favorable me parvint. Un sentiment généreux, que je ne cesserai jamais de reconnaître, porta le ministre à oublier l'écrivain pour ne voir que l'homme *. Il demanda sur-le-champ des renseignemens au consulat. M. le comte de Gestas, qui alors occupait

---

* Ce ministre était alors M. Barthe.

encore le poste éminent qu'il remplissait depuis
si long-tems avec tant de zèle et d'intégrité, répondit avec cet empressement et cette bienveillance qu'il montrait toujours pour les honnêtes
gens. Ses obligeantes recommandations achevè-
rent d'intéresser le ministre, et, quelques mois
après, l'ordre fut donné au commandant de la
station navale de m'embarquer avec ma famille,
aux frais du ministère de l'instruction publique,
sur le premier bâtiment de l'état qui retourne-
rait en France.

La nouvelle si heureuse de cet ordre nous
parvint vers la fin du printems de 1832. Elle
nous combla à la fois de joie et de reconnaissance. Nous sentîmes combien ce moyen ines-
péré de retour nous épargnait de peines et de
travaux, et nous appréciâmes toute l'étendue
d'une faveur que nous devions à la générosité. Il
ne s'agit plus alors pour nous que de nous préparer au départ, en attendant le moment encore
incertain où un des vaisseaux de la station met-
trait à la voile. Nos préparatifs n'étaient pas longs
à faire : j'eus le loisir de songer à ajouter quel-

ques nouvelles observations à celles que l'expé-,
rience m'avait déjà fournies pendant un assez
long séjour dans un pays dont tant de relations
inexactes ont donné une si fausse idée en Europe.

Dans le dessein d'esquisser quelque jour un
tableau fidèle de la capitale du Brésil, je m'atta-
chai à observer le plus près possible tout ce qui
pouvait contribuer à faire connaître sa situation
et ses habitans. Je recueillis de précieux renseignemens sur les établissemens d'utilité publique, qui sont nombreux à Rio-de-Janeiro, mais
qui manquent, comme presque tout ce qui tient
à l'administration de ce pays, d'un centre d'organisation qui leur donne la vie. J'entrai dans les
hôpitaux et dans les palais : ici je trouvai luxe
sans goût, richesse sans grandeur; et là, je vis
en présence les profondes théories de l'art de
guérir et l'oubli des principes de la plus simple
hygiène. Je visitai la Bibliothèque et l'Académie : l'une me montra peu de livres et presque
point de lecteurs; l'autre, dont j'admirai l'élégante construction, me parut assez pauvre en

élèves, mais riche en professeurs *. Je pénétrai
dans les cloîtres des églises et des monastères, et
j'y trouvai, sous des portiques d'une structure
régulière, les dépouilles des morts, réduites en
cendres et déposées dans de petites urnes, parmi
les fleurs et les arbustes. J'assistai aux offices
divins et à ces processions si différentes des nô-

---

* Plusieurs des professeurs de l'Académie de Rio-
de-Janeiro méritent d'être cités. M. Grangeant, notre
compatriote, qui dirige la section d'architecture, a en-
richi la capitale du Brésil de plusieurs monumens re-
marquables par l'élégance et la pureté du style. M. Simplicio, qui est chargé de la classe de peinture d'histoire,
est, comme je l'ai dit, un homme de beaucoup de talent ; et M. Félix Taunay, qui est placé à la tête de celle
de peinture de paysage, se montre digne du nom qu'il
porte. J'ai vu de lui plusieurs tableaux qui m'ont fait le
plus grand plaisir. *Le Dernier des Mohicans, la Praia
Dom-Manoel, la Veille et le Lendemain*, m'ont paru
des compositions pleines de verve et de sentiment. Si je
n'avais pas été assez heureux pour connaître personnel-
lement M. F. Taunay, il m'auroit suffi de voir ses tableaux, ou de lire ses poésies, pour juger à la fois son
esprit et son cœur.

tres; j'entendis les voûtes sacrées retentir des
airs les plus profanes, et souvent des conversations les plus mondaines *. Dans les rangs pres-
sés d'un clergé nombreux et couvert des plus
pompeux ornemens, parmi une foule d'enfans à
qui un goût bizarre croit avoir donné la figure
des anges en leur mettant de la poudre et en les
affublant de longues ailes de gaze d'argent, j'ai
vu passer dans les rues ces statues colossales dont
un art grossier a voulu faire la représentation des
plus saints mystères. J'ai été introduit dans la
demeure des riches, et plus d'une fois j'y ai remarqué, à travers le faste de l'opulence, le désordre et la malpropreté. Les grands ** m'admi-

---

* Les airs les plus populaires de Rossini se chantent
souvent aux grands offices, et parfois les fidèles causent
à l'église à peu près comme on le ferait au foyer d'un
théâtre.

** Je me rappellerai toujours avec un vrai plaisir l'accueil gracieux et plein de bonté qu'ont bien voulu me
faire LL. EE. MM. Duque Estrada, Dos Santos Pinto,
De Britto et d'Amaral, dont le haut rang est encore
relevé par les manières les plus aimables.

rent à leurs tables, servies à profusion de mets plus recherchés que délicats, et j'y portai, selon l'usage, avec le porto, le madère ou le bordeaux, la santé nominale de chaque convive. J'ai pris avec eux le café sous leurs fraîches et commodes *varendas* *, et avec eux j'y ai été préservé de l'ennui des insectes volans, par les soins de leurs esclaves. J'ai été présenté dans leurs salons, où les deux sexes, distinctement séparés l'un de l'autre, forment chacun de leur côté des conversations particulières, et ne se rapprochent que pour exécuter sur des airs tendres, et plus souvent gais, des danses de caractère qui ne sont pas dépourvues d'un certain charme, auquel contribue puissamment l'élégance et la grâce que la jeunesse brésilienne déploie généralement dans cet exercice. J'ai visité aussi l'asile de l'indigence, et j'ai été frappé d'un aspect de saleté et de dégradation qu'on ne rencontre pas en Europe, même au sein de la plus profonde misère. J'ai

---

* Terrasses couvertes où les Brésiliens dînent et prennent le frais dans les grandes chaleurs.

assisté aux réjouissances publiques et aux plaisirs
particuliers du peuple ; j'ai vu les immenses feux
de joie allumés dans les rues et sur les places aux
fêtes solennelles, et les feux d'artifice, tirés bien
souvent en plein jour, et presque aussi mutipliés
que les saints de la légende. J'ai vu la classe des
ouvriers mulâtres aller le dimanche dans les *ven-
das* * ou dans les *casas de pasto* des faubourgs,
se délasser des travaux de la semaine avec une
abondante *sangria* ** ou un plat de riz au *cama-
rões* ***. J'ai vu souvent, à la fin de la journée,
de malheureux esclaves noirs, la tête remplie des
vapeurs de la *cachaça* ****, dormir insoucieusement à la porte de leurs maîtres, ou y danser
avec une joie que plusieurs ne semblent rendre
bruyante que pour couvrir le son des lourds an-
neaux de fer qui s'agitent à leur cou ou à leurs

* Boutiques ou auberges où l'on donne à boire et à
manger.

** Boisson composée de vin de Porto, de jus de
citron et de sucre mêlés avec de l'eau.

*** Espèces de grosses crevettes.

**** Sorte d'eau-de-vie de canne à sucre.

pieds. En un mot, j'ai essayé d'embrasser l'ensemble de cette vaste cité, dont l'étendue est plus considérable que celle de Lyon ou de Marseille. Au milieu d'une population d'environ cent cinquante mille âmes, dont les deux tiers au moins se composent de noirs et de mulâtres, j'ai remarqué une grande quantité d'étrangers, qui, répartis, suivant leur goût ou leur intérêt, dans les différens quartiers habités par leurs nations respectives, forment pour ainsi dire, dans l'enceinte de la capitale brésilienne, de petites villes française, anglaise, portugaise, et même allemande. J'ai remarqué aussi que c'est principalement à la présence de ces étrangers, dont un grand nombre possèdent d'immenses richesses, qu'est dû le luxe et le mouvement continuel qui animent Rio-de-Janeiro. Ces élégantes cavalcades qui, le matin et le soir, traversent les rues dans toutes les directions, sont pour la plupart formées par ces riches négocians anglais et allemands qui habitent avec leurs familles leurs délicieuses campagnes, et ne viennent à la ville que pour leurs affaires. Ces légers équipages européens qu'on rencontre sur les chemins du *Catete*, de *Catumby* ou de *Mata-Cavallo* *, et qui appartiennent presque tous aux représentans des cours étrangères, répandent un air de faste et d'élégance qui contraste singulièrement avec les bizarres *cadeirinhas* portées par des nègres, et avec les lourdes *seges* ** brésiliennes, conduites par un postillon noir galonné, et dont rien ne donne mieux l'idée que nos anciennes chaises de poste. Enfin, j'ai cherché à étudier, jusque dans les carrefours, l'aspect matériel de Rio-de-Janeiro et la physionomie extérieure de ses habitans. Je n'y ai pas vu, comme dans nos villes, une foule empressée de personnes des deux sexes, de tous les rangs et de tous les âges, vaquant à leurs affaires; mais j'y ai vu une multitude de nègres et de négresses s'agitant en tous sens, sur la voie publique, pour rapporter le soir à leurs maîtres le tribut journalier que l'inhumanité, l'avarice ou la paresse impose à l'esclavage, et que celle-ci n'acquitte

---

* Faubourgs de Rio-de-Janeiro.
** Voitures à deux roues.

jamais qu'avec haine ou brutalité *. Auprès de
cette multitude noire, marchant pieds nus sur le
même pavé que les bêtes de somme, j'ai vu une
multitude blanche se promener nonchalamment
sur les trottoirs, à l'ombre des maisons qui les
bordent. Cette dernière, où il est rare de rencontrer une femme, se compose ordinairement
d'un essaim d'employés publics, allant à leurs
bureaux ou retournant chez eux ; de jeunes gens
se rendant lentement aux écoles ou se dirigeant

---

* Si lorsqu'on a résidé dans les colonies, on convient
que beaucoup d'habitans traitent les nègres avec trop
d'inhumanité, on est forcé de convenir aussi que pour
être obéi des esclaves, il faut les mener avec la plus
grande sévérité. Par le raisonnement ou par la douceur
on en obtient rarement autre chose que de l'ingratitude.
Il y a très-peu de noirs susceptibles de s'attacher sin-
cèrement au meilleur maître, et qui ne soient toujours
prêts à céder, même sans plaisir, aux penchans vicieux
qui les entraînent généralement, sans doute par suite
de l'esclavage, qui est la source de tous les vices, mais
sans doute aussi par l'effet d'une organisation primitive
qui, quoi qu'en disent les négrophiles, est inférieure à
celle de la race blanche.

avec empressement vers la promenade ; enfin, de désœuvrés de tous les âges qui vont, s'arrêtant de boutique en boutique, pour faire des emplettes, et le plus souvent pour causer avec les demoiselles de comptoir. Ces désœuvrés, qui peuvent être comptés comme une des parties d'élite de la population brésilienne, se font presque tous remarquer par cette tournure *fashionable* et cette mise recherchée qui, à Rio-de-Janeiro, est la même pour tous les âges. Là, vous voyez le vieillard au front chauve, le jeune homme aux brunes moustaches, et même l'enfant encore sur les bancs du collége, porter également l'habit noir et le pantalon blanc, le col à grandes pointes et la cravate empesée, les bottes à éperons et le chapeau de feutre de soie, la chaîne de montre en sautoir et les bagues de toutes couleurs, la tabatière dorée et la canne flexible de baleine ; et le voyageur, en considérant ce bizarre ensemble, est frappé de l'extrême ressemblance qu'offrent extérieurement les élégans *fluminenses* * avec nos *jeunes*

---

* *Du fleuve*, surnom des habitans de Rio-de-Janeiro.

France. Heureusement pour le Brésil, et on pourrait dire aussi pour la France, il y a entre les deux nations un point de ressemblance qui leur fait plus d'honneur. C'est cette vivacité d'esprit et cette exaltation d'idées qui permettent aux Brésiliens comme aux Français d'aspirer à de grands succès dans les arts. Je n'ai pas oublié non plus, dans mes observations et dans mes rapprochemens, ce sexe qui, chez tous les peuples, contribue si essentiellement au bonheur de la société. Si, dans l'intérieur de leurs maisons, les femmes brésiliennes ne montrent pas cette activité, cet esprit d'ordre et de propreté qui caractérise particulièrement les femmes de la plus grande partie de l'Europe, elles possèdent ces qualités précieuses qui font le charme de la famille; les distractions du monde ne sont pas pour elles choses indispensables; elles vivent très-retirées et très-sédentaires; elles ne sortent guère que pour aller à l'église ou au théâtre, où elles sont toujours entourées de leurs enfans ou de leurs esclaves. Dans ces occasions, la négligence ordinaire de leur vêtement disparaît pour faire place à la plus grande recherche de toilette; les plus riches étoffes, les bijoux, les fleurs, les diamans, les dentelles, sont prodigués, et, en faisant valoir leur taille souple et déliée, leurs yeux vifs et leurs beaux cheveux noirs, dissimulent assez artistement la couleur un peu basannée de leur teint. Bref, quand on les voit parées, soit assises en groupe, sur les degrés d'une chapelle *, soit sur les siéges d'une loge, soit même debout sur les balcons de leurs maisons, où elles viennent régulièrement tous les soirs regarder les passans, on ne peut disconvenir que les femmes de Rio-de-Janéiro ne sont dépourvues ni de grâces ni d'élégance.

Il y avait déjà plus de trois mois que je m'efforçais de réunir toutes les observations et tous les documens avec lesquels je me propose d'animer quelque jour un curieux panorama, lorsque je fus subitement averti que la frégate française *l'Herminie* allait, sous peu de jours, partir pour

---

* Il n'y a aucune sorte de siége dans les églises. Les femmes s'asseyent sur les marches des chapelles, et les hommes se tiennent debout.

Toulon, avec le commandant de la station, qui venait d'être rappelé en France. Aussitôt, je me hâtai d'aller faire une visite à M. le vicomte de Villeneuve, à son bord. Il me témoigna, ainsi que les officiers de son état-major, une bienveillance extrême. Tous eurent la bonté d'agréer, comme passagère de *l'Herminie*, la famille protégée de l'instruction publique. Nous éprouvâmes une grande satisfaction de voir notre passage assuré sur ce bâtiment, car c'était l'occasion la plus favorable qui pût se présenter pour nous. Tout nous y assurait, sous tous les rapports, le meilleur traitement : il était impossible de rencontrer sur aucun autre vaisseau une réunion plus complète d'officiers de marine aussi distingués par leurs manières douces et polies. Nous nous hâtâmes d'achever nos préparatifs, nous prîmes congé de toutes les personnes qui, pendant un séjour de plus de deux années, nous avaient donné des marques si constantes d'intérêt; nous embrassâmes de bons amis, de bons voisins, et, tout en sentant au fond de notre cœur la joie de la patrie, nous ne pûmes nous empêcher de verser des larmes en pensant que peut-être nous ne les reverrions jamais. Enfin, le 29 septembre 1832, à huit heures du soir, accompagnés par ces mêmes amis jusqu'au rivage, nous montâmes avec nos bagages dans une chaloupe qui nous conduisit à bord de la frégate. Là, nous prîmes possession du gîte qui nous avait été préparé, et qu'une obligeance infinie avait rendu aussi commode que possible, et le lendemain, à la pointe du jour, le canon des forts et des vaisseaux en rade salua le double départ de *l'Herminie* et du commandant de la station française. Dans l'unanimité de ces saluts et dans l'empressement que les principaux habitans avaient mis à venir faire leurs adieux à M. de Villeneuve, nous reconnûmes les justes regrets que laissait après lui ce chef à la fois si bon, si brave et si éclairé, ce digne membre de cette famille d'administrateurs si habiles et si intègres, qu'un de nos derniers rois aurait voulu pouvoir y puiser tous les magistrats de la France *.

---

* Louis XVIII a dit : « S'il y avait quatre-vingt-six Villeneuve, ils seraient tous préfets. »

Bientôt *l'Herminie* eut quitté les eaux de Rio-
de-Janeiro, et vogua majestueusement vers Bahia, où nous arrivâmes en peu de jours. Après
une relâche de vingt-quatre heures, qui avait pour
but la visite des vaisseaux français dans ce port,
et le retour de quelques-uns de leurs officiers,
nous continuâmes notre route, constamment fa-
vorisés par le plus beau tems. Il semblait que les
élémens fussent d'accord, avec tout ce qui nous
environnait, pour rendre la traversée agréable.
La navigation était si bonne, et ceux dont l'habileté contribuait à l'améliorer encore, avaient tant
d'obligeance et d'aménité, qu'on oubliait qu'on
était en mer. Dans le jour, les chambres du bâtiment, transformées en salles d'études, offraient
une réunion de tous les arts, cultivés avec une
supériorité réelle. Le soir, lorsque l'ombre des
voiles et des cordages se projetait sur les ondes,
à la clarté de la lune, le pont de la frégate, semblable à la terrasse de ces maisons d'Italie où l'on
se rassemble pour prendre le frais, retentissait
ou de chants harmonieux ou d'aimables conversations. En un mot, tout autour de nous concou-

rait à nous donner par anticipation les douceurs
de la patrie *.

Ce ne fut qu'en entrant dans la Méditerrannée
que nous éprouvâmes un de ces changemens de
tems qui paraissent d'autant plus rudes, qu'ils
sont inattendus. Nos yeux étaient encore attachés
sur les rochers imposans de Gibraltar, lorsque le
vent qui s'était élevé souffla avec tant de violence, qu'il rompit tout à coup notre grand'ver-
gue et déchira notre grand'voile. Malgré la force
de l'ouragan, qui s'augmentait encore, cette
avarie majeure fut promptement réparée. L'activité et le sang-froid que nous vîmes alors déployer à tout l'équipage, nous donnèrent une
idée de la valeur de notre marine, et accrurent
encore en moi ce sentiment de sécurité qui, par
suite d'une imprévoyance naturelle ou d'un jugement trop léger, a toujours écarté de mon esprit

---

* Personne ne contribua plus au charme de la traversée que la présence de Mme de Th....., épouse du
consul de Prusse, dont l'esprit et l'amabilité ne peuvent
être égalés que par son instruction et sa bonté extrême.

la pensée du danger, même au milieu d'une tempête. En voyant la frégate quitter le port, pour
s'élancer au milieu des flots paisibles, j'avais dit
intérieurement : *Nargue de l'onde amère!* Quand
je la vis dompter ainsi la fureur des élémens, je
le répétai tout haut, et avec une confiance que ma
muse se hâta de partager.

NARGUE DE L'ONDE AMÈRE !

Air : *De l'Opéra-Comique.*

Jeté par le vent du malheur
Sur les durs écueils de la vie,
J'ai vu d'un abri protecteur
Me couvrir la noble *Herminie;*
Avec elle bravant les flots
Que Dieu soumit à sa colère,
Confiant, je dis en repos :
    Nargue de l'onde amère !

Qu'êtes-vous, gouffres redoutés ?
Autans, quelle est votre puissance ?
J'ai pour vous vaincre, à mes côtés,
Les talens et l'expérience ;

Quand la prudence et la valeur
Veillent sur la voile légère,
Ne peut-on pas dire sans peur :
   Nargue de l'onde amère !

Le monde n'est qu'un océan
Où l'homme en passager s'embarque ;
Heureux quand, sans heurter un banc,
Dans le port il conduit sa barque ;
Heureux quand, venant s'abriter
Loin de la vague meurtrière,
En philosophe il peut chanter :
   Nargue de l'onde amère !

Quand l'antique drapeau d'Ivri
D'Alger montra la route aux braves,
La mer qui devant eux s'ouvrit,
Pour leur ardeur n'eut point d'entraves ;
De leur sang rougissant les eaux,
Même avant de toucher la terre,
Ils faisaient redire aux échos :
   Nargue de l'onde amère !

Sous un torrent dévastateur,
Né d'une brûlante tempête,
Aux yeux de l'Europe en stupeur,
O France ! tu courbas ta tête ;

Mais quelque jour, Dieu refoulant
La lave jusqu'à son cratère,
Tes fils pourront dire au volcan :
    Nargue de l'onde amère!

On raconte que de pitié
Jadis le joyeux Démocrite
Riait, sans en être prié,
  Des larmes du triste Héraclite ;
Comme lui, voyons-nous pleurer
Un fou d'humeur atrabilaire,
Chantons, pour le désespérer :
    Nargue de l'onde amère !

Puisqu'au redoutable Achéron
Il faut qu'ici-bas tout arrive,
Je veux gaîment avec Caron
Boire un dernier coup sur la rive ;
Soutenu par ce rouge-bord,
  En passant la sombre rivière,
J'espère bien chanter encor :
    Nargue de l'onde amère!

Le mauvais tems ne continua pas ; le vent s'apaisa. Nous vîmes passer rapidement sous nos yeux les vieilles tours élevées par les Maures sur les montagnes de Grenade et sur le sommet des promontoires africains; nous saluâmes bientôt les roches blanches des côtes provençales, et, le 6 décembre 1832, parvenus au milieu de la magnifique rade de Toulon, l'ancre, en se déroulant sur sa chaîne et en tombant de tout son poids au fond de l'abîme, dit enfin à nos ames profondément émues : « *Voilà la patrie!* »

O France, ô mon cher pays, toi, dont le nom a si souvent fait battre mon cœur sur la terre d'exil, je n'ai pu te revoir sans répandre des larmes! Le pauvre voyageur, en rapportant pour tout bien ses souvenirs sur tes beaux rivages, a cru dérober un dernier sourire à l'espérance : il a oublié un instant cette pensée du sage :

« *El hombre es misero desde la cuna al sepulcro* *. »

---

* « L'homme est malheureux depuis le berceau jusqu'à la tombe. » (JOSÉ DE CADALSO, *Cartas marruecas.*)

FIN DE LA SECONDE STATION ET DU DERNIER VOLUME.

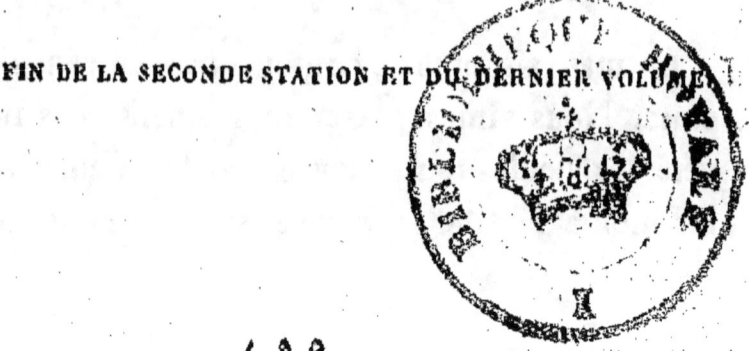

133

Contraste insuffisant

NF Z 43-120-14

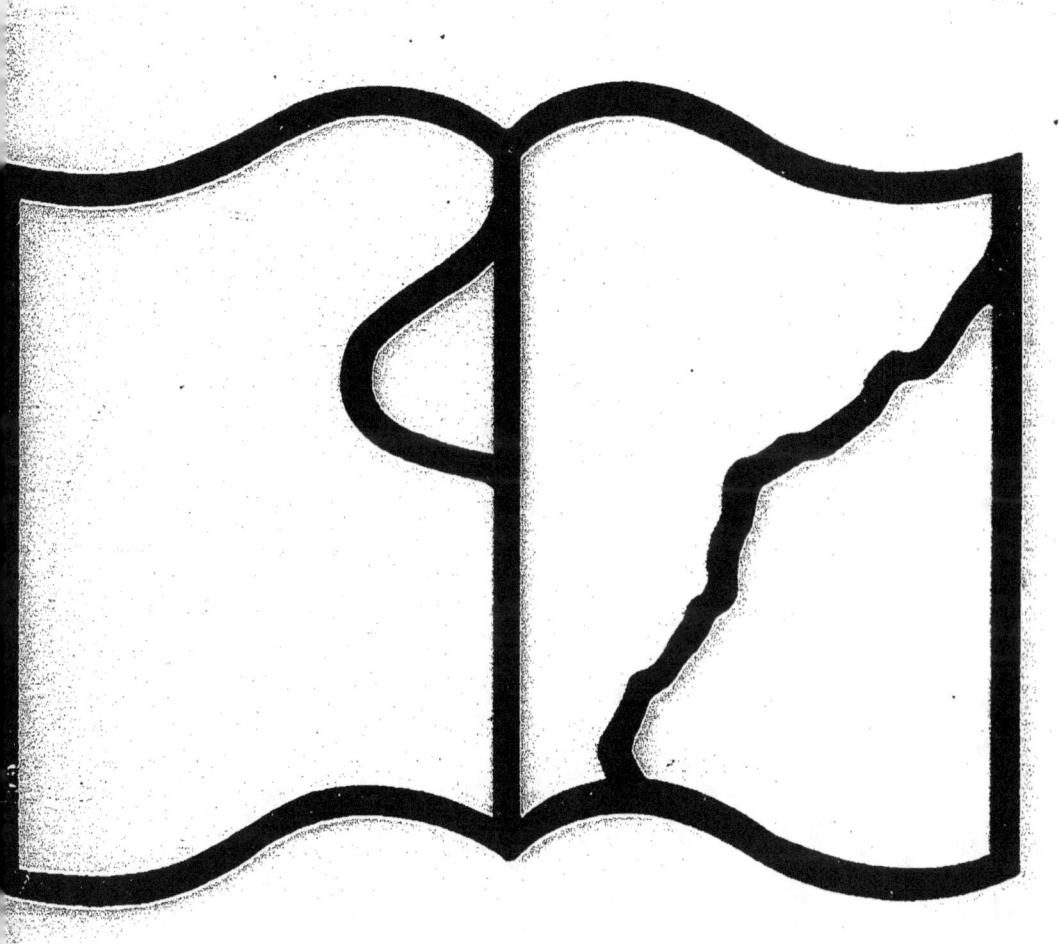

Texte détérioré — reliure défectueuse

NF Z 43-120-11